江波科幻精品系列

时空追缉

江波——著

科学普及出版社
·北　京·

图书在版编目（CIP）数据

时空追缉 / 江波著 . -- 北京 : 科学普及出版社，2023.1

（江波科幻精品系列）

ISBN 978-7-110-10491-0

Ⅰ . ①时… Ⅱ . ①江… Ⅲ . ①幻想小说—小说集—中国—当代 Ⅳ . ① I247.7

中国版本图书馆 CIP 数据核字 (2022) 第 143510 号

策划编辑 王卫英
责任编辑 王卫英 刘 今
封面设计 书香文雅
内文设计 书香文雅
责任校对 邓雪梅 张晓莉
责任印制 徐 飞

出　　版 科学普及出版社
发　　行 中国科学技术出版社有限公司发行部
地　　址 北京市海淀区中关村南大街 16 号
邮　　编 100081
发行电话 010-62173865
传　　真 010-62173081
网　　址 http://www.cspbooks.com.cn

开　　本 720mm × 1000mm 1/16
字　　数 860 千字
印　　张 65
版　　次 2023 年 1 月第 1 版
印　　次 2023 年 1 月第 1 次印刷
印　　刷 天津泰宇印务有限公司
书　　号 ISBN 978-7-110-10491-0/I · 644
定　　价 180.00 元（全 6 册）

（凡购买本社图书，如有缺页、倒页、脱页者，本社发行部负责调换）

目
录
Catalogue

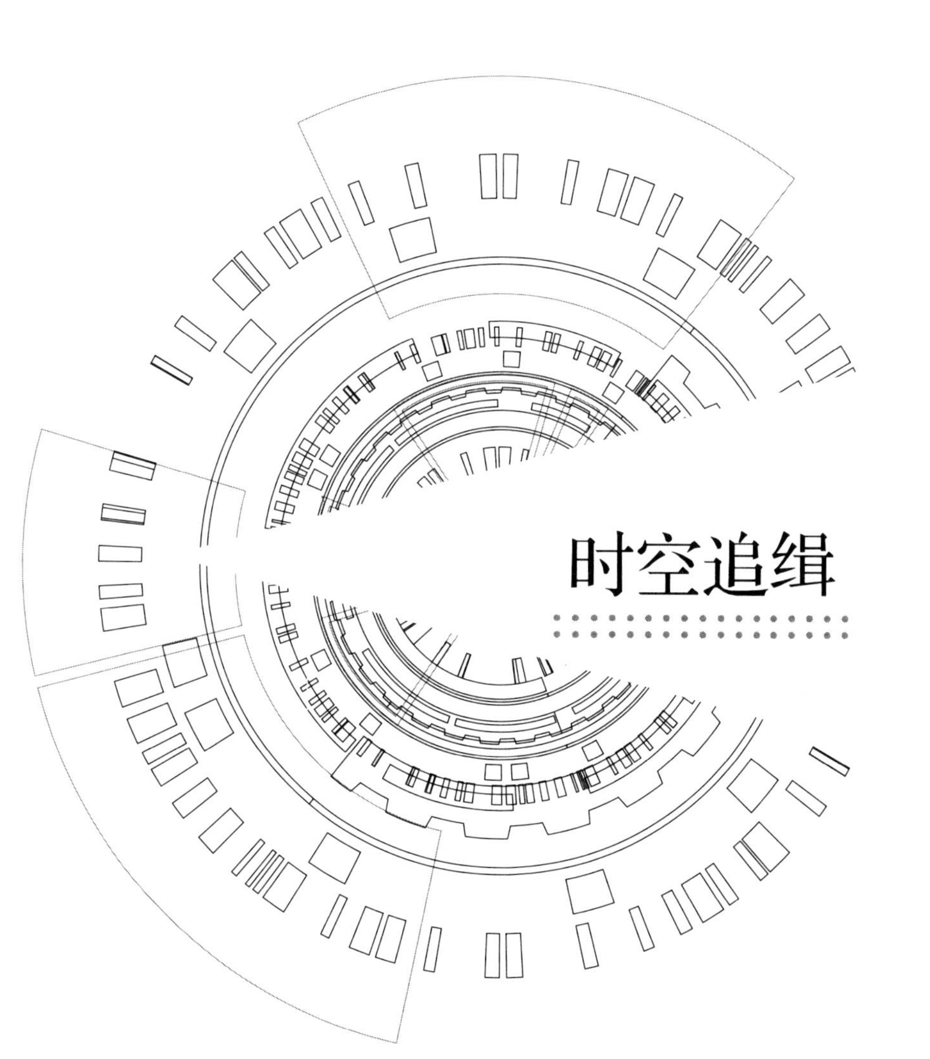

时空追缉

“这个任务很艰巨，你想一想再回答我。”总长坐在宽大的皮椅上，整个人陷在里边，他正望着马力七十五，细小的眼睛眯成缝，几乎看不见他的眼睛。然而马力七十五知道，他正盯着自己。

马力七十五眨眨眼说：“我想过了。我会去的。”

“好。”总长起身，绕过办公桌，走到马力七十五面前。总长的身材很高大，让人有一种威压感，他认真地盯着马力七十五，突然转身关上门。透过玻璃，上百名警察正忙碌着。总长注视着这一切。他没有回头，突然开口说：“马力七十五，你是最好的警察。坦白地说，我不希望派你去执行这个任务。”

马力七十五默默地听着。

“但是，我们需要一个交代。”总长转过身，正对着马力七十五，“你了解卡洛特，他是个危险人物。”

“是的，他的确非常危险。”

“而且非常嚣张。”总长踱回办公桌后边，再次陷落在椅子里，重重呼出一口气，“如果他偷偷地潜逃，那也就算了，我们管不了那么多。但是他居然把这个消息送到新都会，还有大大小小二十多家媒体进行现场直播。现在这件事连总统的新闻发布会都在讨论，你知道我的压力会有多大。”

“我明白。”马力七十五简短地回答。

“好的。他是匪徒，你是英雄，你要去追缉他，而且要有和他一样的排场。”

马力七十五不禁微笑——多年以来，卡洛特一直生活奢靡，出入各种高档场所，挥霍他那些来路不正却没人能指证的钱。他也捐赠大量的钱，从街头的流浪儿到天穹星的开发，事无大小，他几乎都会以一个慈善家的身份参与，赢得无数的鲜花和掌声。至于那些展示学识和优雅的艺术沙龙，他们都以卡洛特能够参与其中为荣。卡洛特其人，就是“排场”的代言人。马力七十五，则是一个秘密警察，一个低调、隐忍、办事规矩的政府雇员，和“排场”两个字绝不搭调。

“我们会给你五星勋章，总统会亲自把勋章给你戴上，表彰你五年来在搜罗卡洛特犯罪证据上的兢兢业业。然后你会有一艘最了不起的飞船——双子星号，和被那个邪恶的贼偷走的飞船是同样型号。他偷走的只是原型机，你的飞船是改进型。而你，我会当众宣布，你是我们最杰出的探员，你经手的大案子会全部公之于众，人们会知道你是多么了不起的人物。”

总长站起身，双手撑着桌面，身子前倾，“你会成为历史人物，马力七十五。一个人一生能得到的最大的荣誉，你会在三天内全部得到。”

马力七十五点点头，说：“我明白，总长。我会去的，但是有一个小小的要求。”

“哦？”总长有些意外，他第一次听到自己下属的秘密警察会提出要求，然而他爽快地答应下来，“你说，只要我能办到。”

“我走之后，希望得到一笔钱，数目大到足够一个人体面地过完一辈子，还要存入宇宙金行指定户头。”

“我给你三百万元。这笔钱每年的利息足够维持一个人的日常开销。另外，十年之内，每年追加通货膨胀补偿。”总长飞快地开出价码。

“谢谢。”马力七十五点点头，“新闻发布会现场，我会打电话给宇宙金行的保密顾问，确认钱是否到账。”

“你这是不相信我。”总长微微有些不快。

“对不起，总长，你应该可以理解这点。干我们这行，不能相信任何口头承诺。”

“好吧。你说得对。”总长坐下来，十指交错，“我们认识很久了，合作一直很愉快。钱我会确保到账，但是我需要知道这些钱的用途。”

“我认识一个女人，这些钱是给她的。”

“女人？你不是开玩笑？所有的AAA级探员都经过记忆清洗，不会有任何私人记忆。”

“是的，但是我还记得。”

“哦。”总长挤出额头的皱纹。这是一个重大失误。一个AAA级探员，从事秘密警察长达二十年的高级警探，居然宣称他还记得一个女人。他无法相信这样的事。但是马力七十五就站在眼前，亲口说出了这样的话。这是重大的纪律问题。不过这样也好，马力七十五注定会全力以赴。

“好吧。”总长最后说，“既然这样，我不多问。钱会到账。你会成为我们的英雄，对吗？”

“我明白。”马力七十五点点头。

永别了！我的世界。马力七十五在内心默念。台面上，总统站在他的左边，对着台下展露标志性的笑容；空间安全委员会总长站在他的右边，军服笔挺，神色严肃。台下热烈的欢呼声此起彼伏，总长安排的几个“暗桩”恰到好处地掀起了人们对马力七十五献身精神的无比崇敬，他们热烈地呼喊着马力七十五的名字，用各种赞美之词来描述他。

总长兑现了他的承诺，三百万元已经在账户里。钱进了宇宙金行，除了约定的身份认证，没有任何办法取出。

马力七十五举手让大家安静。偌大的会场很快沉静下来。

“我……”马力七十五清清嗓子，“我知道卡洛特，他很聪明、很狡猾，使用各种手段窃取大量的财产。”现场响起一阵议论，马力七十五不得不提高声音，“但是，正义的力量更强大，我们掌握所有的犯罪证据，提起公诉，并且挽回了所有能够挽回的损失。他被缺席审判为无期徒刑。现在要做的唯一一件事就是把他绳之以法。这正是我要做的。

“我将跟踪他的轨道痕迹，进入时间螺旋区，在他自以为摆脱了法律制裁的时刻出现在他面前，控诉他，逮捕他。

“任何人，只要他犯了罪，就要受到法律的惩罚，绝无例外。”

现场响起热烈的掌声。

“请问马力七十五先生，据说卡洛特逃到了三百年后，我们连三百年后的地球是什么样子的都不知道，怎么保证对他的判决一定会得到执行？”有人在人群中问。

“是的，我们不知道三百年后的地球会怎么样，但是，马力七十五会知道，不管那世界是怎么样的，马力七十五都会找到卡洛特，把他绳之以法。”总长接过了这个问题，“卡洛特已经跑了，对这个世界，他再也没有任何影响，但是我们不能放任他，马力七十五会代表正义对他执行判决。”

“太空泛了，你永远不可能监禁他。你没办法阻止他逃跑。”还是那个声音。

马力七十五循声望去，他看见一个亭亭玉立的身影，白色套装，头发盘成高高的发髻。虽然隔得很远，他还是看见发髻上晶莹的发钗，仿佛紫色的水晶。这样的发饰不多见。她用讥讽的表情对着马力七十五，似乎在向他挑战。

“我会找到办法。我可以用一艘飞船把他终生流放。或者请那时的政府协助，把他监禁。办法有很多，你完全可以相信我。”

总统接过话头，“这位女士，我们的司法部门已经达成一致意见，对于这种试图通过时间螺旋区来逃避法律制裁的行为，政府将保留追诉权，对他的控诉永远不会过期，哪怕到三百年以后。只要马力七十五警探跟随他，找到他，他就必须接受法律制裁。另外，时空机器的使用将受到政府的严格监控。除了政府特许机构，任何机构不得从事相关研究和实验。这将有效地防范类似事件发生。”

总统话音刚落，半空中传来“咝咝”的声响，全场变得很安静。

时间到了。在巨大的电磁扭力作用下，时间螺旋区已经形成。苍穹上仿佛打开了一道深黑的口子，看不到尽头。双子星号正以反重力姿态悬停在深渊边缘。

“通道已经打开。马力七十五警探即将出发去完成他的伟大使命。”总统带头鼓起掌来。在热烈的掌声中，马力七十五走过红地毯，走向穿梭机。他在登机舷梯上回过头，向着人群挥挥手。

穿梭机飞升起来，它向着双子星号靠拢，最后对接在一起。一刻钟之后，穿梭机脱离。

双子星号静静地等待着最后的信号。深空研究所的专家们正紧张地核对轨迹，以确保马力七十五能够跟上卡洛特，而不是追去一个错误的时空。

人们看见双子星号发出炫目的红光。整个飞船仿佛一道光射入黑色深渊中。黑色深渊在顷刻间消失。

三百二十四年又七个月三天三小时四十五分。仪器上显示这样的时间，双子星号把马力七十五带到了三百多年后的空间。

然而仿佛任何事情都没有发生过，马力七十五没有感觉到任何异样。

很快，他意识到一个严峻的现实——他不在地球上。空旷的宇宙空间，这就是双子星号的处境。马力七十五找到了太阳。太阳仿佛一个小小的光斑，在远方闪耀。这里甚至不是地球轨道，他距离太阳七十四亿千米。一瞬间，马力七十五死了心。这不是他能够执行任务的地方。按照这样的距离，双子星号需要三十年的时间才能抵达地球，到那个时候，他早就成了干瘪的尸体。这是纯粹的送死。

但是他很快找到了目标。卡洛特的飞船——奥德赛号，就在不远的地方，距离七十七万千米。深空研究所的专家们在这一点上没有让人失望，他们不知道会把马力七十五抛到什么地方去，但他们知道马力七十五一定在卡洛特附近。当然，马力七十五并没有主动发现卡洛特，而是卡洛特发现了他。他正向马力七十五发送信号，马力七十五接受了通信请求。

“哈。我的老朋友，很高兴又见到你。”屏幕上卡洛特的样子很乐观。

“卡洛特，你的判决已经下达。我奉命来逮捕你。”

“别开玩笑了。这里什么都没有，除了你和我。你不可能逮捕我。”卡洛特得意地眨眨眼。

“我会抓到你的。”马力七十五面无表情地说。

“好吧，欢迎进行一次冥王星大追捕。”卡洛特耸耸肩，做出一个无可奈何的表情，“来吧，我等着你。”

虽然这行为看起来好像很蠢，但马力七十五还是指令飞船向奥德赛号靠拢，除此之外他别无他法。

卡洛特没有说错，他们的确在冥王星轨道附近，而且是在这个著名矮行星椭圆轨道的远端，此刻，冥王星正在轨道的另一端，需要一百多年才会来到这儿。所以此刻没有任何热闹可看。

马力七十五收到一些微弱的广播信号，隐隐约约，似乎是一场战争。然后，他了解到一队飞船正在飞往冥王星。他们计划在这个星球上建立基地，建造核电站，供给下一个太阳系外的探险计划。当然，他们还需要十多年才能抵达，然后再有七八十年的时间，才能到达马力七十五的位置。

七十七万千米的旅程需要耗时三天，很无聊。马力七十五除了吃，就是睡。卡洛特也没有再找过他。然而奥德赛号一直停留在那里，等着马力七十五。远离太阳的空间辐射并不强烈，马力七十五打开了舷窗，直接用肉眼观察这个世界。每一颗星星都很明亮，璀璨满天，比地球上最壮观的星空还要壮观一万倍，太阳的光亮却很柔弱，仿佛蜡烛的灯火。他望向奥德赛号的方向，一团漆黑，奥德赛号隐藏在黑暗中。

我会死在这里，让双子星号把尸体带回地球，马力七十五想。至少，那些地球上的人们会发现他，通过双子星号的记录，他们会了解他已忠诚地履行了自己的职责。是的，他会留下遗言，让那些发现他的人们把他带回新都会安葬。那里是他出发的地方，也应该是他的归宿。

一个信号打断了马力七十五的胡思乱想，卡洛特再次找上门来。

“反正我也很无聊。你还有一会儿才能到，不如我们聊聊天。”他开门见山。

马力七十五不置可否。

“你为什么要追来呢？你永远不能回溯时间，你会失去一切。”

“从来没有一个罪犯可以从我的手里逃走。”

“原来是崇高的职业精神。”

“不，是正义。”

“正义？你代表正义？”卡洛特做出夸张的表情，仿佛非常惊讶。

马力七十五不动声色。

卡洛特的表情放松下来，“好吧，你太缺乏幽默细胞了。正义先生，从五年前开始，我每年资助超过六千名困难学生，让成千上万的流浪儿得到温暖的家，赈济了无数灾民，捐助两个最前沿也最接近关门的实验室，就连航天局的大门上都刻着我的名字，因为没有我，他们就没有足够的资金把大批人送到火星去……你肯定已经清点过我犯下多少罪行，但是如果你清点一下我带给人们的好处，这个清单会比你手头上的那个长得多……”卡洛特仿佛连珠炮般滔滔不绝，马力七十五只是听着。

终于卡洛特停了下来，他静静地望着马力七十五。马力七十五同样望着他。

终于卡洛特开口了："你认为我说得对吗？"

"你是贼，我是警察。"马力七十五说。

"哈哈哈哈哈……"卡洛特狂笑起来，"贼……哈哈哈哈哈……"他笑得上气不接下气。

卡洛特终于缓过劲来，他说："我们还有六千千米的距离。这不算太远，你很快就能追上我。一旦你追上我，你打算怎么做？"

"想办法抓住你。"

"这么说我最好还是小心点。"卡洛特一本正经地说，"我要逃了。"

"我会跟着你。"

"小心点，别跟丢了。"卡洛特露出一丝不怀好意的笑。突然间，图像消失，紧接着，奥德赛号的信号也失去踪影。

马力七十五在一瞬间明白过来——卡洛特再次进行了跳跃。

这不可能！没有深空研究所的那些专家打开时间螺旋区，飞船无法穿越时光。马力七十五感到一阵惶恐。

然而问题很快解决了。双子星号收到了来自奥德赛号的最后的信息。信息中包括单船跳跃手册，马力七十五从来没有见到过这本手册。不过根据双子星号主机的验证，这完全可行。另外，还有一组跳跃参数。根据这些参数，双子星号可以去到另一个时空——谁也不知道卡洛特是真的等在那里，还是设计了一个骗局。

马力七十五命令双子星号根据参数进行单船跳跃。

别无选择。马力七十五遗憾地想。他望了望太阳。太阳就像一点烛光，暗淡无光。转眼间，这光亮消失了。仪器上的时间变成了三千六百七十七年又八个月四天八小时八分。

这一次的情况更糟糕。马力七十五完全不知道自己身在何处。星星有很多，然而没有太阳。双子星号脱离了太阳系，迷失在群星中。

卡洛特没有骗人，他的确也在这里，距离只有两万千米。

“哈，正义马力，你居然花了三个小时才搞定。我是不是有些高估你了？”

“为什么要到这里来？”

“没什么，我只是逃跑，逃跑哪能顾得上想清楚为什么。”

马力七十五有一种被愚弄的感觉。卡洛特可以轻而易举地摆脱他，却还是让他跟到了这里。

“飞船怎么能进行单船跳跃？”

“设计如此。很高兴它能正常工作，否则我们就直接去见神了。”

“我们在哪里？”

“谁知道呢！这件事要怪你，如果不是你逼我，我也不用匆匆忙忙地出发。至少我可以等到目标定位比较准确一点。”

“什么意思？”

“这飞船能够精确地控制时间，但是没法控制地点，跨越时间越长，误差越大，现在谁都不知道我们在什么地方。”

“那就是说你给自己选择了条死路？”

“死路？说得不错，我肯定是会死的。这样的死法比较浪漫，所以我来了。问题是你为什么要跟来，难道他们没告诉你这是条死路？”

马力七十五没有应声，他们当然知道，只不过他们更需要一个勇敢的英雄。马力七十五心存侥幸，也许事情不会那么糟糕，然而事实已经告诉他，这就是条死路。

“我说过，我来抓你。”

“好吧，正义先生。我可是经过慎重考虑才这么做的，虽然空间定位不准，但是它可以帮助我不断跨越时间，当然最好能在地球上，可是我想过，几百几千几万年以后，地球只是一个小地方，我随便落在银河的哪个角落都可以。人真是奇怪，你们想把我关到监狱里，限制我的自由，现在我自己踏上死路，你们却一定要派个人跟着来。这样也好，至少有人可以和我分享这最后的旅行。”

“你到底想做什么？”

“我想旅行到世界末日。”卡洛特哈哈大笑，“我知道你在查我。如果我愿意，只要打几个电话，你就没办法查下去，甚至更糟糕。你明白我的意思。我没兴趣为难你，于是我自己先跑了，但是没想到你居然喜欢为难自己，又跟着我来了。”

双子星号继续靠近奥德赛号，马力七十五发现有两个物体正在靠近奥德赛号，他想了想，决定暂时不告诉卡洛特。他继续和卡洛特谈话，关于这个案子，的确有些地方仍旧模糊，他也想弄明白。

“你有很多眼线。”

“是的。”卡洛特很坦白，“你很想聊这些，是吗？”

“随便你。”

“现在我们两个相依为命，这些往事——这些三千多年前的往事也无所谓了。我就告诉你好了。拣最重要的说，你的起诉书里，我最大的罪名是盗用一万零七百六十五亿元资金，利用非法手段从共同基金转移到个人账户。这一万零七百六十五亿元我都送给政府了，每一笔钱都有明确的记录，每一笔钱的接受者对那个神秘的捐款人都异常感激，他们非常乐意提供某些方便。所以，就像你所说的，如果愿意，我可以有很多眼线。”

“你在贿赂政府。”马力七十五对此早有预料，只是他一直没有找到明确的证据，他希望卡洛特归案之后，能够找到更多的线索，没料到卡洛特却选择了这种史无前例的逃跑方式。

“哦。我只是把钱从一个人的口袋转移到大众福利上去。如果不能兑现财富，钱也就没什么用。我只是让它发挥自己应该有的功能而已。”

卡洛特用奇怪的理论来为自己辩护，说起来仿佛头头是道。是的，共同基金太庞大了，按照市值计算，它可以买下整个地球上的所有产业，包括六十五亿人口——假设平均一个人价值三百万元。而这庞大的基金被不超过三千个人拥有。

卡洛特眨眨眼，“你知道为什么我给政府好处，秘密警察却要追查我，起诉我吗？”

“为什么？”

“因为共同基金养着你们。那些穷得叮当响的政府机构当然也拿钱，但是不多，也就够混口饭吃，所以他们从我这里拿到天文数字的钱高兴得不得了。但是对秘密警察，我甚至没办法把钱给出去，他们对此严加防范。”

突然间，卡洛特的影像抖动起来，两个小点加速向他靠拢。

“怎么回事？”卡洛特有些吃惊，但没有慌乱。

“有两艘飞船正向你靠拢，可能你是它们的猎物。”马力七十五平静地说。

“真的？”卡洛特扬了扬眉毛。

马力七十五点点头，信号变得一片混乱，很快中断了，然而马力七十五还是听清了卡洛特的最后一句话：“它们也在向你靠拢。”

卡洛特没有胡说，双子星号完全不能动弹。

马力七十五第一次近距离看到卡洛特。他的脸型尖瘦，眉毛浓黑，眼睛的轮廓很大，胡子很浓密，典型的络腮胡。他和马力七十五对视着，看上去并没有什么威胁。但是马力七十五提醒自己，就是这个人制造了有史以来最大的窃案，他是最狡猾、最无耻、最危险的罪犯。

一道舱门把他们俩封闭起来。空间狭小，他们不得不脸对脸坐着，相距不过半米。

“我这辈子第一次成了囚犯。我想你也是。”

马力七十五没有应声。

“虽然我们彼此讨厌，但是此刻没必要相互对抗。我们有共同的敌人。你不会想在这个时候把我捉拿归案吧？”

“你是贼，我是警察。但现在我们都是囚犯。”

“这样就好。至少你还明白点事理。”卡洛特伸了一个懒腰，他的头碰到了天花板，“真是见鬼，这地方不适合生存。”

突然眼前一亮，门打开了。两个人站在卡洛特和马力七十五面前。

他们身材矮小，几乎只有正常人的一半，头大身子小，看起来像是孩子。

“你跟我们来。”其中一个示意马力七十五。他们居然说地球语。

马力七十五在忐忑不安中弓着身子钻出门去。他站直身体，几乎能顶到天花板。门迅速关上。

“跟着我走。”一个矮人说完在前边领路。马力七十五顺从地跟着他。另一个矮人在后边看着他。

他们顺着走道走了十多米远，然后转入一条更宽敞的通道，一直走到底，是一扇舱门。一路上很单调，除了金属，就是发出微弱蓝色光线的线状体。马力七十五能听见自己的脚步声，却听不到两个矮人的任何动静。他们仿佛轻巧的猫，走起路来悄无声息。

矮人打开舱门。那么一刹那，马力七十五从内心发出由衷的赞叹。浑圆的穹顶发出柔和而敞亮的光，延伸出上千米远，几乎望不到尽头。无尽的天穹下，到处是碧绿的草地和各式各样的漂亮建筑，间或有成片的森林。许多矮人在草地上玩耍，追逐嬉闹，甚至还有人在放风筝。马力七十五仿佛回到了新都会的中央公园。

“快下来。”一个矮人催促他。舱门打开在半空中，一架梯子沿着舱壁通向地面。马力七十五再看了一眼眼前的景象，跟着矮人下了梯子。他们进入地下。

“地下”完全是另一番景象，很暗，只有几处灯光。其中一处聚集着许多人，似乎正在举行会议。

马力七十五来到这群人面前。他们一共有三十七个人，都坐在宽大的扶手椅上，大致排列成半圆形。马力七十五就是那个圆心。马力七十五对这样的阵势很熟悉，秘密警察的法庭通常都是这样的布置，据说这样能够让犯人从潜意识里放弃抵抗。他注意到正中央的那个人。毫无疑问，他就是最重要的人物，他不仅有一个比其他人更大的头颅，还有一个庞大的身躯，马力七十五估计他的体形是其他人的两倍以上。

“原人889号。马力七十五。秘密警察。为了缉拿逃犯卡洛特·修进入时空隧道。这是第一次有目的的空间跳跃，被看作对于罪犯空间逃逸的严正否定。在跳跃当日被授予紫金勋章，后来收入标准百科全书，被追认为人民英雄，冥王星轨道657号纪念石。”左边的一个矮人起身，说了一段话。

“你说什么？纪念石？那是什么？”马力七十五问。

“原人，请不要打断陈述。如果你有疑问，我们可以在最后解答。”正中央的大人物这样回复马力七十五。

“他在历史上的最后时刻是新纪元前1654年，距今3677年。作为一个影响广泛的原人，他拥有大量的拥护者，许多独立太空船都以‘马力七十五’命名……”陈述人滔滔不绝，马力七十五惊疑不定地听着，这些他所不知道的历史听起来很有趣，也很难想象。我是一个历史人物。马力七十五感到这简直像个童话。

突然大人物的一句话震惊了他：“看起来我们找到了一个大人物，可惜他还活着。”

马力七十五警惕地盯着大人物，“你想我死掉？为什么？”

“别紧张，原人。我来介绍一下我们。我们是搜寻者。搜集一切人类遗失在宇宙里的东西，飞船、飞行器、太空城，当然还有原人。不过我们并不期望搜集活着的原人，通常情况下，我们所见的都是尸体。一旦验证身份，我们就可以获得属于他的财产，这就是我们最主要的收入来源。但是如果原人还活着，那么他当然拥有自己的财产，而我们就得不到了。你是我们第一次碰到的活着的原人。”

马力七十五更加紧张了，“那么你打算杀死我？”

“杀死你？为什么？”大人物感到有些奇怪。

马力七十五耸耸肩。

“你是说杀死你，然后我们获得你的财产？这是多么邪恶的想法。”大人物哈哈大笑起来，“据说原人都有自私、邪恶的心理，看起来是真的。你们彼此残杀吗？”他很好奇地看着马力七十五。

马力七十五不知道怎么回答这样幼稚的问题。这算是进化还是退化？但他们并不打算杀死他，这无论如何是个好消息。

“不。”最后他说，“我们只把罪犯缉捕归案。”

“罪犯。是的，你的记录里边有这样的说法，你是为了一个叫作卡洛特的罪犯才进入时间螺旋区。这么说那个和你在一起的原人就是卡洛特？”

马力七十五没有回应，这些人能认出他，却不认识卡洛特。看起来时间最喜欢跟人开玩笑，曾经最风光的人默默无闻，而曾经不名一文的却成了光荣的历史人物，名字被刻在石头上，绕着太阳旋转，直到永恒。

“如果你不愿意回答，没关系。我们检查了基因数据库，没有这个人的资料，他对我们毫无价值。”

“你们会怎么处置他？”

“处置？照理说我们应该向你们道歉才对，但是搜寻者从不道歉。你们的飞船会被恢复原状，你们会回到飞船上。之所以请你到这里，是因为另有一个小小的问题。”

大人物看着马力七十五，“中央数据库显示在你的名下拥有大量财产，如果没有你的身份确认，这些财产将一直沉淀。如果要取出财产，需要去诺伊斯五号星通过身份鉴定。鉴于你的飞船根本不可能飞向诺伊斯五号星，我们给你提供一个方案——我们会带你过去并帮你完成整个过程，但是你必须给我们财产的一半。这是一笔巨额财产。”

“巨额财产？有多少？”

“至少可以让我们的人十年间衣食无忧。”

“我怎么会有这笔钱？”

“这不是我们关心的事。可能很久之前，你留下了一笔钱，或者是某个机构给你的捐助。或者某个人擅作主张，把你的钱进行投资，结果得到了神的保佑。三千多年过去了，什么可能性都有。现实状态就是你拥有这笔钱，而我们能帮你取出来。”

马力七十五终于明白了这些人想做什么。尽管事情有些出人意料，但这不算什么坏事，而且看起来这些人都是君子，正派得让人不敢相信。

“让我考虑一下。”

大人物点点头，“好的，你可以有三天时间考虑。”

“和我在一起的那个人，你们还会把我们关在一起吗？”

“他的飞船将在十六个小时内修理完毕，他会回到飞船上。”

“能留下他和我在一起吗？”

“不，我们没法长时间限制人身自由。这违反星际航行法。如果他自愿留下，那是另一回事。但是我们并不喜欢原人巨大的躯体，这让我们很为难。”

“如果我付钱呢？”

大人物第一次皱起眉头，“交易不能涉及人身。人身自由只能在必要的情况下进行限制。对于你的想法，我们不欢迎。”

“好吧。对不起。”马力七十五说。

他被送回了囚室。

卡洛特几乎在狂笑。过了很长一段时间，他才停下来，“这真是我见过的最荒诞的事。”

他突然间变得一本正经，“不过，说真的，你打算怎么处理你的财产？”

“我还在考虑。”

“你有足够的时间考虑。这倒是很不错的买卖，你追踪我到了三千年以后，变成一个富翁，享受豪华的未来生活。”

“我是来追捕你的。”

“是的。不过很快就不是了。”卡洛特笑眯眯地看着马力七十五，“你知道我有多悲惨，不名一文，没有亲人，没有朋友，没有钱，就连这些捡垃圾的都不拿我当回事。我给自己判了无限期流放，注定在卑微和孤独中带着悔恨死去，这还不够吗？”

马力七十五看着他笑眯眯的脸，“别耍花招，我一定会逮捕你。”

卡洛特收起笑容，“说真的，你可以选择跟这些侏儒一起走。明天他们放了我，我就会继续向前，沿着时间之河顺流而下。前边什么都没有，你可以预计到这点。所以，是时候选择回头了。对，你没法回头，既然跟到了这里，那就停下吧。”

马力七十五没有回答他，沉默了半晌，他突然问：“你为什么这么做？”

卡洛特已经躺在床上假装入睡，听到这个问题他睁开眼睛，直直地盯着天花板，“这个问题我已经告诉你了，我想旅行到时间的尽头。”

“为什么呢？”

“这难道不是一次壮举吗？”卡洛特反问。

“壮举？你就是这么定义你的行为？”

“当然，你可以定义为疯狂、逃跑、犯罪。但对我来说这是壮举。”

“这么说你的罪行也是壮举。”

“是的。”卡洛特干脆利落地回答，他起身坐着，“你听过一句话吗？他人即地狱。我一定是你的地狱，不过我也是很多人的天堂。”

“天堂？”

“嗯，做到想要做到的事，达成心愿。没有我，你不可能飞到这里来，这种时空飞船根本不可能被开发出来。你回去可以在双子星号的主机上输入这个问题：谁是神？你会得到一个确定的答案：西莫夫，他赞助了所有的研究活动，并且没有任何附加条件。当然，作为一点回报，他们很愿意满足我的心愿——成为第一个实验者。”

西莫夫是卡洛特的一个化名。马力七十五掌握这一点，他冷冷地讽刺道：“这么说你并不是策划逃跑，而是在帮助科学实验。”

卡洛特做出一个无可奈何的表情，“他人即地狱，我希望你理解这句话。到此为止吧，很遗憾把你卷进来，不过，这样的结局也不算最糟糕。”

卡洛特躺倒就睡，这一次他真的睡着了，发出均匀而细微的鼾声。

马力七十五辗转反侧，他不知道是不是应该到此为止。富豪的生活他从未尝试，也许他应该放松自己，去享受一下未来？

卡洛特被送上奥德赛号。马力七十五跟着他。

“好了，到此为止。”卡洛特站在舱门边，“很高兴你陪了我一程。接下来，我要独自逃亡了。”他眨眨眼，“好好享受生活吧。”

他挥挥手，走进去，马力七十五喊住他：“卡洛特，我会履行职责。”

卡洛特停下脚步，转过身，露出一个微笑，突然他的目光凝聚在马力七十五身后，那里有某样东西攫取了他的注意力。

马力七十五回过身，那是一个巨大的屏幕，屏幕上是星图，星空璀璨，耀眼夺目。

“嗨，小个子，你能告诉我哪个是太阳吗？”

负责引导他们的矮人摇摇头说：“我不认识星图，不过，这里是初始探索区，距离太阳应该不远。”

“真遗憾。不过看来我还没离家太远。”卡洛特看着马力七十五，“然而马上就要远远离开了。”

说完他走进了奥德赛号。舱门关上。

马力七十五转头看着矮人，“送我上船吧，谢谢！”

另一个舱门打开，这是双子星号。马力七十五走进飞船。

两艘控制船挟持着奥德赛号。它们飞出很远，直到母船成了小小的光点。它们放松控制，然后掉头飞向母船。奥德赛号主机开始运作，恢复控制系统。卡洛特坐在控制台前，沉静地看着屏幕。

很快，奥德赛号报告了消息：双子星号，平行飞行，距离三千千米。

“好吧，朋友，欢迎继续。”当马力七十五的头像出现在屏幕上，卡洛特如是说。

“我会找到办法把你绳之以法。”

“如果你坚持。你的财产怎么样了？”

“我送给他们了。”

“送了？不错。怪不得那些矮个子在飞船里添了好些东西。你签署了一份声明？”

“我签了一份文件，然后留下一根头发，两滴血，还有一段录像。”

“听着好像很原始。你打听到财产是怎么来的了吗？”

“DNA验证。只能来自宇宙金行。不管这财产是怎么变的戏法，最早的时候，它是宇宙金行的一笔钱。我在那儿只存过一笔钱。”

“哦。看来发财的最好办法是存一笔钱，然后到三千年后再花。”

“也可能一无所有。”

“就像我现在这样？”

“你的户头里从来没有钱。”

“对了，既然你存了钱，总有些目的，回溯时间是不可能的。所以，这些钱不是给你自己的，那是给谁的？”

“这是一个私人问题。”

“拜托了，这里就我们两个人，不会有什么狗仔队，也没有报纸杂志，你完全可以告诉我。”

马力七十五没有回答。

“嗯，其实你不说我也能猜到，那是一个女人，对不对？”卡洛特突然大笑起来，“我明白了。你是害怕。你怕违反秘密警察的纪律，所以就跟着我来了。”

“我来缉捕你归案。”

“别不好意思，警察也是人。我替你唾弃灭绝人性的秘密警察制度。你们其实完全不用搞记忆消除。消除了记忆，人活着又有什么意思。哦，你的真名应该不叫马力七十五，你叫什么？”

马力七十五感到心脏剧烈地一跳。马万里——那个女人是这样喊他的。这应该是他的真名。

“卡洛特，我需要休息一下。打算逃跑的时候告诉我。”马力七十五说完关闭了通信。

他闭上眼睛。这个任务本身就很荒谬，现在它变得更加荒谬。被追捕者要求追捕者提供讯息，这算什么？

不管怎么样，游戏要继续下去。只要他活着，就不能放弃承诺。

卡洛特居然把时间推进了三十万年。这件事更让人意外——双子星号居然比奥德赛号先到。

这是一件意料之中的事。三十万年，这比整个人类文明史还要长十倍。空间和时间的乘积是一个测不准值，对于奥德赛号和双子星号这样的小飞船来说，尤其如此。当跨越的时间长度只是三百年、三千年时，误差不过几分钟、几小时，当时间跨过三十万年，误差以让人惊讶的方式累积起来。结果奥德赛号先一个小时跳跃，当它抵达的时刻，双子星号已经等待了整整六天。

在这六天的时间里，马力七十五什么都没有做，除了回忆。他想起自己的职业生涯，一个个臭名昭著的罪犯在他手中落网；他想起喊他马万里的女人，他不认识她，然而却有一种异样的熟悉感，以至于完全慌乱了手脚，匆匆落荒而逃，生怕和她多说一句话；事后，他偷偷地了解她，躲在暗处窥探她，然而，作为秘密警察，他不能做任何事，哪怕是试图想起和这个女人相关的往事，他相信那一定很美好，可他完全不记得；他想起卡洛特，这是最大的一条鱼，和他相比，之前所有的案子都是小打小闹，然而他也是最狡猾、最神通广大的鱼，就在收网的前夕，居然用这种谁也预料不到的方式跑了……时间显得非常漫长，然而当他回忆这些往事，时间却又显得非常短促。他远离人群，独自一人，唯有群星相伴。在这样的沉静中，回忆中的一切仿佛只是一张相片，可以一眼望到底。既熟悉，又陌生，既亲切，又隔阂，时间无情地带走一切，但这一切又有什么意义？

当卡洛特再次见到马力七十五，他惊讶地叫起来：“哦？你是在绝食吗？”

屏幕上的马力七十五形销骨立，瘦得不成人形。

“卡洛特，你还要逃跑吗？”

“那当然，你听说过不跑的贼吗？而且还有你这样忠心耿耿的警察跟着。”

“我放弃了。你走吧。”

“放弃？你一定是在开玩笑。你是天底下最聪明、最坚定、最忠勇的警察。如果你放弃了，这个世界一定完蛋了。”

“卡洛特，也许我应该谢谢你，如果不是你把我带到这里，可能我一辈子也没有机会安静地思考。这里真安静，一个人也没有，仿佛自己就是宇宙中唯一的存在。”

“别说得好像临终遗言一样。我们还没完呢。”

马力七十五微微一笑，他关闭了通信。

卡洛特急急地呼叫双子星号，却毫无反应。

卡洛特准备先休息一下，奥德赛号正在进行安全检测——这是卡洛特对上一次意外的补救措施，他不允许这种情况再次发生。奥德赛号给出一个警告，卡洛特看了一眼，他马上再次联系马力七十五。马力七十五拒绝联系。

一个飞行物正在靠近双子星号，那是一条不断修正的轨道，卡洛特相信那肯定是一个智能体，如果马力七十五不能得到警告，那么一切就晚了。

没有时间了！卡洛特命令奥德赛号向双子星号靠拢。

马力七十五在坐以待毙。警告不断重复，双子星号要求马力七十五下达指令。来自奥德赛号的通信请求也在不断地重复。一切都显得紧张而急迫，马力七十五却像是风暴眼，保持着平静。

他不慌不忙地看着屏幕上节节逼近的小点。这个飞行器的速度很快，达到三千千米每秒。双子星号的速度最高只能达到三百千米每秒——这需要长达一个月的加速。再有三十分钟，这位不速之客就会和双子星号迎头碰上。跑是跑不掉的。

奥德赛号正在努力靠拢过来。卡洛特不断地请求通信。

马力七十五终于接受了请求。

“感谢神，你终于活过来了。”卡洛特见到马力七十五，马上双手合十，大声赞美神，尽管他根本不是信徒。

“卡洛特，什么事？”

“有访客。看样子并不友好。”

“是的，我看见了。”

“难道你不打算逃跑？”

“没有必要逃，再说也逃不掉。它的速度是双子星号的十倍。”

“我们可以向前跳。时间就是最好的屏障。它可不会发疯跟着我们来。”

马力七十五短暂地沉默，然后说：“卡洛特，你走吧。不用担心我。”

“废话！我不会放弃你跑掉的。马上做好准备，我们一起弹跳。”

“你和我又有什么关系？我只是来追捕你的警察。很遗憾我冒失地闯进了你的计划，现在是时候离开了。你可以继续。”

“别犯傻了。这里是什么地方？三十万年后的世界，那些侏儒已经和我们大不一样，三十万年，就算那玩意儿是人，或者是机器人，也绝对和我们不一样。你不可能有上次的好运气。它们可能杀死你，可能把你当作标本，或者让你活着，就像动物园的猩猩一样，或者拿你做活体解剖。别把命运寄托在它的好心上。”

“这没什么大不了的。我也很乐意看看三十万年后的智慧生命是什么样的。”

“我们必须跑。”卡洛特很严肃地盯着马力七十五，和之前的样子判若两人。虽然隔着屏幕，马力七十五还是感觉到一种坚强的决心。也许这才是卡洛特的真面目。

“再见，卡洛特。”马力七十五结束了谈话。

奥德赛号继续向着双子星号靠拢。

不明飞行物开始减速，试图和双子星号同步。它显然也注意到了正在赶来的奥德赛号，奥德赛号接收到一种有节律的信号，然而没人明白那是什么意思。

突然间，强烈的光照亮了奥德赛号，不明飞行物进行攻击。红色警报在一瞬间充满整个空间，卡洛特被自动机器牢牢地捆绑在椅子上。奥德赛号进入紧急模式。

“外层侵蚀，装甲削弱17%。飞船密封性良好，微量泄漏，快速修补完毕。引擎工作正常。所有功能模组，71%检测完毕，运行正常……”

奥德赛号报告关于这次攻击的情况。奥德赛号不是为了战斗而设计的飞船，敌人的攻击也并不猛烈。然而，谁也不知道接下来会发生什么。

不明飞行物很快逼近双子星号，在距离双子星号不到六百米远处停下来，保持相对静止。奥德赛号也进入同步阶段，距离双子星号两千米。马力七十五没有发出任何信号。不明飞行物出现一些异样，两个物体脱离了飞船，向着双子星号飞过去。速度不快，不像是武器。卡洛特看清了屏幕上的影像，那是一个类似八爪章鱼的东西，看上去很柔软，前边对称地分布着两只眼。突然间，它的身体猛地抽搐，一股气流喷出，推动它转变方向。当身体再次舒展，它已经稳当地吸附在双子星号的船壁上，八条触手均匀地展开，就像一个八角的海星。这真是一次漂亮的着陆。

“卡洛特。”马力七十五的影像跳了出来。

卡洛特看着他，“准备好逃跑了吗？”

“它们来了两个。它们正试图打破船体钻进来，双子星号损毁严重。可能还有十五分钟，它们就能突破船壁。你是对的，它们不是人，也不友好。”

“一旦密封被打破，没有任何生还的希望。”

“是的。所以向你告别。”

“永远不要放弃。现在，向前弹跳。”卡洛特认真地说。马力七十五感觉到一阵强烈的威压，让他不由自主地想按照卡洛特说的去做，但是他还是控制住自己，“我不做徒劳的抵抗。你赶紧逃跑吧，祝你好运！”

“现在，启动弹跳。”卡洛特说完，关闭了通信。双子星号收到轨道参数，询问马力七十五。马力七十五注意到奥德赛号改变了轨道，它正向着不明飞行物冲过去。

马力七十五的头脑中尽是卡洛特下达命令的神情，最后，他命令双子星号执行弹跳。

在弹跳之前，他看到奥德赛号被强光笼罩。一束激光从奥德赛号的尖顶上发射出来。突然之间，不明飞行物散开，分裂成大大小小许多碎片。一切变成黑暗。

仪表盘上的数字永久性地静止在了“0000000”。四周很黑，连星星也难觅踪影。

“我们到了什么地方？这是什么时间？”

“位置不明。按照弹跳坐标，理论上应该向前跳跃了六百万年。”

六百万年！这一定是疯了。

没有奥德赛号的踪迹。马力七十五决定等着卡洛特。上一次他迟到了六天，这一次他什么时候会来？

卡洛特没有来。

九天的时间，马力七十五吃掉了所有的储备食物。

当他饿得头昏眼花时，他开始食用那些小矮人放在船里的东西。牙膏状的食品味道独特，很难吃，然而却很管饱。

他吃了三个月的“牙膏”，习惯了那种难闻的味道，甚至觉得吃那东西是种享受。

卡洛特还没有来。

“牙膏”还能再吃几个月。卡洛特不会来了。

双子星号远远地跑出了银河系，落在荒凉的星际真空地带。在这里，肉眼看不到几颗星星，永远也不会有智慧生命来拜访，不管是敌人还是朋友。只有迷途的船，被永远地困在这里。

卡洛特又在哪里？

也许误差太大，他们已经永远地失之交臂。这是好事。一个荒谬绝顶的任务，有一个不落俗套的结局。

马力七十五望着窗外。他已经无数次这样眺望，每一次只能看见无尽的黑暗。这是没有任何希望的地方。哪怕时间过去了六百万年，丝毫不见人类的踪迹。新都会？冥王星？太空船？那些曾经存在过的东西，也许此刻仍旧存在，然而它们都在哪里？宇宙就像这无穷尽的黑暗，而那些曾经存在的东西，就连最暗淡的星光也比不上。

马力七十五考虑了好几种方法来结束自己的生命。他想过用电，想过打开舱门让自己飘进太空，想过咬断舌头……最后他什么都没有做。

他想起卡洛特。旅行到世界末日，这是不是一种很伟大的壮举？

双子星号没别的能耐，但时间旅行就是它被设计出来的目的。

把生命继续浪费在这里毫无意义，马力七十五决定上路。卡洛特可能死了，也可能活着，只要他活着，他就会不断向前。也许，唯一能够再次遇到他的机会就是世界末日。

在所有的“牙膏”被吃完之前，希望能走到时间之路的尽头。

马力七十五驱动双子星号向前跳跃。

他就像一个在无尽沙漠中赶路的人，看不见的边际永远在前方。

弹跳，弹跳，弹跳……时间和空间失去了意义，对于马力七十五，它们是无可逾越的墙。黑暗空间，永无休止，把一切希望碾压得粉碎。唯一支撑马力七十五的动力是信念。向前，向前，向前……

黑暗中的星星从不闪烁，却也并非暗淡无光。一次次的弹跳，它们一次次变换位置，排列成不同的星图，有新的星星诞生，有的会更亮一些，然而它们最终都消失在黑暗中。

终于，马力七十五发现，无法找到哪怕一颗星星了。

“现在是什么时候？”

“一百七十五亿年。”

一百七十五亿年？这是一个接近永恒的时间。马力七十五没想到他居然能跑这么远。在他模糊的知识里，太阳能够燃烧一百亿年，而此刻，太阳早已暗淡无光。银河呢？银河是不是也一样？

“地球还在吗？”

没有人回答他。双子星号不能理解这样的问题。

宇宙正在冷下来，马力七十五想。可能在很小很小的时候，他曾经上过这样的课，却不记得任何更多的内容。他只知道，宇宙是会冷却的，当所有的星星耗尽了燃料，它们会冷却下来，星星失去活力，宇宙失去光亮。这样的图景在书上重复过一百遍，听起来很让人绝望，但人们并没有怎么忧虑——数以亿年计的时光对于百年的寿命毫无意义。马力七十五发现，双子星号正用一种奇特的方式在他有限的生命里展现宇宙不可挽回的颓势。哪怕上亿年的时光，也只是昙花一现。

马力七十五停留了一整天，然后继续上路。

枯燥的旅途失去了最后一点乐趣。马力七十五把一切都交给了双子星号，他所做的一切就是睡觉，吃饭，看一眼窗外的黑暗。

双子星号的效率在下降，每一次弹跳之前的震颤都在加剧。渐渐地，细微地颤动、蜂鸣、急剧震颤……飞船用自己的语言告诉马力七十五它正在老去。

即便这样的情形随时可能让他送命，而且他还没有任何办法补救，马力七十五也并不焦虑。

双子星号仍旧按照设定的程序不断往前。马力七十五坦然地等待着随

时可能到来的崩溃。

“记录时间。”他给双子星号下达了新的指令。

两个简单的数字被显示在屏幕上。

“248”，这是飞船走过的年份，以亿年为单位。飞船跳跃十多次，数字会增长“1”。

“14588”，这是飞船进行跳跃的次数。

这样，即便飞船最后崩溃，他也可以知道到底走了多远。

马力七十五陷入沉睡的时间越来越长。很多时候，他醒来甚至不吃任何东西，只是看一眼数字，就继续倒头沉睡。他想自己一定是患上了某种疾病，但这未尝不是好事，他的食欲大大减小，降低了被饿死的风险。

睡眠中偶尔会有梦。马力七十五梦到一个巨大的光球，他站在光球下，是一个黑色影子。影子拖得很长。他向着光球走去，走去……尖厉的声音打断了梦境，双子星号发出警告。

屏幕上有些东西，当马力七十五看清楚那是什么时，昏沉沉的头脑马上清醒过来。

一艘飞船。那居然是一艘飞船！

这是一艘巨型飞船，它挡住了双子星号的飞行轨道，迫使双子星号停下。它比马力七十五想象的还要大，双子星号靠上去之后，马力七十五才明白自己来到了一个什么样的所在——飞船就像一个星球，而双子星号仿佛一粒微尘。飞船降落，下边是黑色而粗糙的表面，仿佛广袤无边的大地，微弱的光线从巨型飞船的某些位置散发出来，让整个大地显出淡淡的金属光泽。

马力七十五突然有一种踏实可靠的感觉，仿佛回到了地球的土地上。一道裂口缓缓打开，无形的力量牵引着双子星号降落在一片灿烂的光里。双子星号被送进飞船内部。

一个机器爬上了双子星号。它转过整个船舱，用一种蓝色光线到处照射，最后停留在双子星号的主机边，改用红色光线照射。很快，它到了马力七十五面前，用一种很奇特的声音说话，那声音仿佛就在马力七十五的头脑里。

“你的旅行目的地？”

“我在追捕一个逃犯。”

“逃犯？你是说一个同伴？”

“算是吧。”

“基地认为你的飞船不适合继续进行时空跳跃。你是否愿意生活在基地？”

“基地？这里？”

“是的。”

一个全息投影出现在马力七十五面前，他仿佛正从半空中鸟瞰一座城市，绿树成荫，繁花似锦。马力七十五看见一个人，还有一条狗，正在嬉戏。

“你来自一千多亿年前的某个文明，这是你们的生活区。你可以选择在这里生活。”

“有人在这里？”马力七十五感到一阵欣喜，然而他马上冷静下来。他看清了那个人。他头部膨胀，仿佛一个巨大的蘑菇，脸色血红，没有鼻梁，只有两个孔洞，嘴唇收缩，只是一个小孔，耳朵萎缩，只剩下一个小小的突起。他的眼睛向外鼓起，眼睛转动，仿佛机警的变色龙。

“你是说我和他是同类？”

“是的。”

马力七十五沉默了一小会儿，“这里到底是什么地方？”

“这里是终结之地。所有的时间螺旋区汇聚之处。”

“这就是世界末日？”

“宇宙还有很长的寿命。终结的意思是，所有的时空轨迹都会被扭转到基地控制范围内。”

“你们能控制整个宇宙？”

“不是这样的。此刻的宇宙和一千多亿年之前完全不同。它要小得多。”

“小得多？”马力七十五有些疑惑，突然间他意识到另一个问题，“你是说一千多亿年？”他看着飞船显示的数字，那里明明白白地显示着“348”。“我的飞船告诉我，我只走过三百四十八亿年。”

“你们的飞船质子丰度显示它距离此刻的时间是十亿六千六百万分之一个质子半衰期。用你们的时间计算是一千亿年，误差不超过三十亿年。”

“那么我的机器出了错？”

“对时空跳跃的飞船来说，时间紊乱是必然。跳跃飞船的计时器过于原始。”

一千亿年！这个天文数字并没有激起马力七十五太多的想象。当时间超越了某个限度，就成了一个抽象数字，没有太多的含义。

“你们又是谁？在干什么？”

“基地代表文明。你们的世界所在的宇宙里有许多文明，彼此隔离。此刻，只有一个基地，所有的文明都在这里。智慧生命的最后家园。两千万年前，宇宙尺度缩小到合适范围，仲裁者决定启动时空拦截。所有经过基地的时空轨迹都会被拦截下来，强制回到正常时空。”

“拦截时空轨迹？”马力七十五有些似懂非懂，“为什么？”

“旅行者只是需要一个家园，他们再也回不去从前的文明，所以基地收容他们，给他们一个家园，大体和原来的文明类似。”

“有很多旅行者？”

“平均每年会有一个。基地累计拦截了两千万个。大部分已经死亡，此刻有三十二万五千个仍旧活着。史前文明旅行者的寿命都很短。高级智慧生命从不进行时间旅行。”

“为什么？”

“这毫无意义。”

马力七十五沉默了一小会儿。机器的说法是对的，这样的旅行毫无意义，只有被创造伟大奇迹的非理性支配了的头脑，才会作出这样的决定。那个梦想着创造伟大壮举的疯子又在哪里？

“有和我一样的飞船吗？和我使用同样的语言，飞船叫作奥德赛号。”

“有。”

马力七十五一阵欣喜，迫不及待地说：“在哪里？带我去见他！”

“不行。奥德赛号在两百七十四万年前抵达。”

马力七十五仿佛掉进了冰窟。两百七十四万年！人连这个数字零头的零头都活不到。他感到手脚一阵发凉，身子发软。

机器闪过一道红光，继续说：“奥德赛号没有留下。它继续向前弹跳。”

“你说什么！”马力七十五挺直身体。

“他说……”机器突然之间转变了声音，“嗨，伙计。咱们还没完。来吧！”千真万确，那是卡洛特的声音。

“这句留言留给问起奥德赛号的人。留下声音的人……”

机器继续说着，然而马力七十五什么都没有听进去。是的，卡洛特来过，到了这里，而且继续向前。他没有停下，也不打算停下，直到时间的尽头。马力七十五的头脑一片空白，满是狂乱的欣喜，当他从迷失的状态恢复过来时，发现自己居然在掉眼泪。

他不需要其他选项。

向前，向前，向前。

马力七十五继续一个人的漫漫征途。终结之地的机器帮助他修复双子星号，甚至彻底改装了它。它们也用一种药丸似的营养剂给马力七十五补充食物，据说可以让他吃一百年。

“1645”。

机器屏幕上显示这个数字。这应该是一个正确的数字，终结之地的机器给双子星号安装了另一种计时器。

马力七十五望向窗外，窗外是一片白蒙蒙的。

宇宙正在逐渐亮起来。最初的时候，那是隐约的黑光，后来，是暗淡的红光，每一次跳跃，宇宙都会变得更亮一点。此刻，白蒙蒙的窗外就像清晨多云的天空。宇宙正快速地收缩，散落的辐射重新汇聚，温度在升高。这是跨向终点的预兆。马力七十五非常感谢终结之地的那些机器，它们预料到这点，让双子星号的外壳能够抵抗强烈的辐射，它们也警告马力七十五，谁也无法预期最后的情况会变成怎样，可能没有抵达时间终点，飞船就已经在辐射中分崩离析。

“双子星号这样大小的飞船，只能前进到最后时刻前十五个小时，你可以在那个时间找到奥德赛号，如果它也抵达了时间终点。然后，你们能继续存在三个小时。再往后，物质和能量的界限被打破，有序结构消失，生命不可能存在。”

机器是这么告诉他的。

每一个跳跃暂停时刻，他都可以进行选择。他的生命不过百年，只要愿意，可以随时停下来，任由双子星号飘荡，然后慢慢老去，安然死去。宇宙虽然也在死亡，然而对于每一次暂停，宇宙仍旧仿佛永恒。

马力七十五望着白蒙蒙的世界。没有人，没有飞船，没有发亮恒星，也没有多彩星云，只有无数的黑洞隐藏在光亮背后。终结之地呢？虽然机器并没有提到那个庞大基地的最终计划，但马力七十五猜想那基地可能已经湮灭。那些比人类高级得多、聪明得多的存在，当它们不再能够拦截到任何时空轨迹，给那些迷失的旅行者提供出路，也就失去了存在的意义。

如果留下，就应该留在终结之地。既然前进了，就走到底，做完自己的事。

每一次马力七十五都这么鼓励自己。这一次，这个理由仍旧合适。

他继续向前跳。

窗外的光变得更亮，金灿灿地晃眼。双子星号发出警报，跳跃程序中断。他撞在了时空尽头的墙上。

没有奥德赛号。

但下一秒，奥德赛号神奇地出现在双子星号前方。

马力七十五发出通信请求。他等待着。

“这是奥德赛号……”他听到了来自奥德赛号的反馈。

卡洛特已经死了！马力七十五几乎不敢相信自己的耳朵。

他不但已经死了，而且死了很久。离开终结之地之后，他只向前跳跃了三百亿年。后边的旅途由奥德赛号根据卡洛特最后的指令独立完成。

马力七十五感到心力交瘁。他没有想到竟然是这样的结果。

可能只剩下最后的三个小时了，他决定去奥德赛号上看看。

对接完成，他飘进奥德赛号的船舱。船舱里很冷，隔着宇宙服，他仍然能够感受到凉意。船舱几乎和双子星号一模一样，卡洛特安静地坐在座椅上。他很安详，仿佛仍旧活着，只是睡了过去。在终结之地，他已经得了严重的放射病，但还是坚持继续向前。他知道自己恐怕不能实现愿望，于是开始录制影像。

马力七十五飘过去，在副手的椅子上坐下，用安全扣把自己固定起来，“好了，开始吧。”

卡洛特的头像出现在屏幕上，他挤眉弄眼。

“戴维，你把所有的钱都输给了我，可能觉得很不爽，但是这很值。

这些钱都转移到了孩子们的教育上，至少有三千多个孩子因为你而受益。他们会感谢你。另外，你也太胖了，穷一点有助于你减肥……”

马力七十五记得这个案子，这是卡洛特所有罪行中很小的一桩，但可能是他的第一个案子。

“马格力太太，你是一个好人，也许你不知道是我帮你打赢官司，让你免去蹲监狱的烦恼，但你一定知道，除了那套房子，你什么都没剩下，全部进了律师的腰包。那个律师就是我。我真是太可耻了，居然要挣一个老女人最后维持生活的钱。但那个时候我真是太穷了。后来我去找过你，可是你已经死了。你在天国对我进行抱怨也是有道理的，可惜我肯定要下地狱，虽然很想说对不起，但恐怕也没有机会……”

卡洛特似乎在进行一生的回顾，他不仅谈论马力七十五所知道的案子，还有大量马力七十五根本不知道的东西。马力七十五似乎在听一个人自述生平事迹，评论经历的事。

屏幕上的卡洛特眉飞色舞，绝不像一个重病在身的人。

宇宙烈火熊熊。马力七十五安然地坐着，耐心地看着录像。

三个小时很快过去。留言也到了最后。

留言的最后是给他的。

“可爱的警察，也许你是唯一一个能听到我的遗言的人。如果你听到了，很高兴你能追上来。很抱歉，把你拉下水。我以为我是最疯狂的人，没想到你比我还要疯狂。老实说，可能我们是同类。很高兴能有你做伴。”声音停止了，马力七十五伸手去触摸屏幕，突然间声音又冒了出来，“对了，最后补充一句，如果你想逮捕我，那就动手吧。我不会再跑了。”声音沉寂下去，再也没有响起来。屏幕上卡洛特的影像凝固，嘴角带着一丝微笑。

马力七十五伸手从裤兜里拿出一副小巧的手铐，俯过身，他铐住卡洛特的手，另一端铐在自己手上。

突然，他看见卡洛特的左手握着一只镯子。那是女人的饰品，花纹很特别。马力七十五想起在出发那天的发布会上，那个女记者头上的发钗，他想，这镯子和那发钗是配对的。

他没有听到留言中有任何关于这镯子的故事。卡洛特说了三个小时，他说了很多故事，还有更多的故事没有说。但在这时间的终点，一切故事都会消失。

马力七十五坐直身子。他看着外边，金灿灿的宇宙无比辉煌。也许在下一瞬间，一切都会被湮没。他没有明天，然而此刻，他感到无比平静，仿佛通达了整个宇宙。

屏幕上，卡洛特正向着他微笑。

他露出一个微笑。

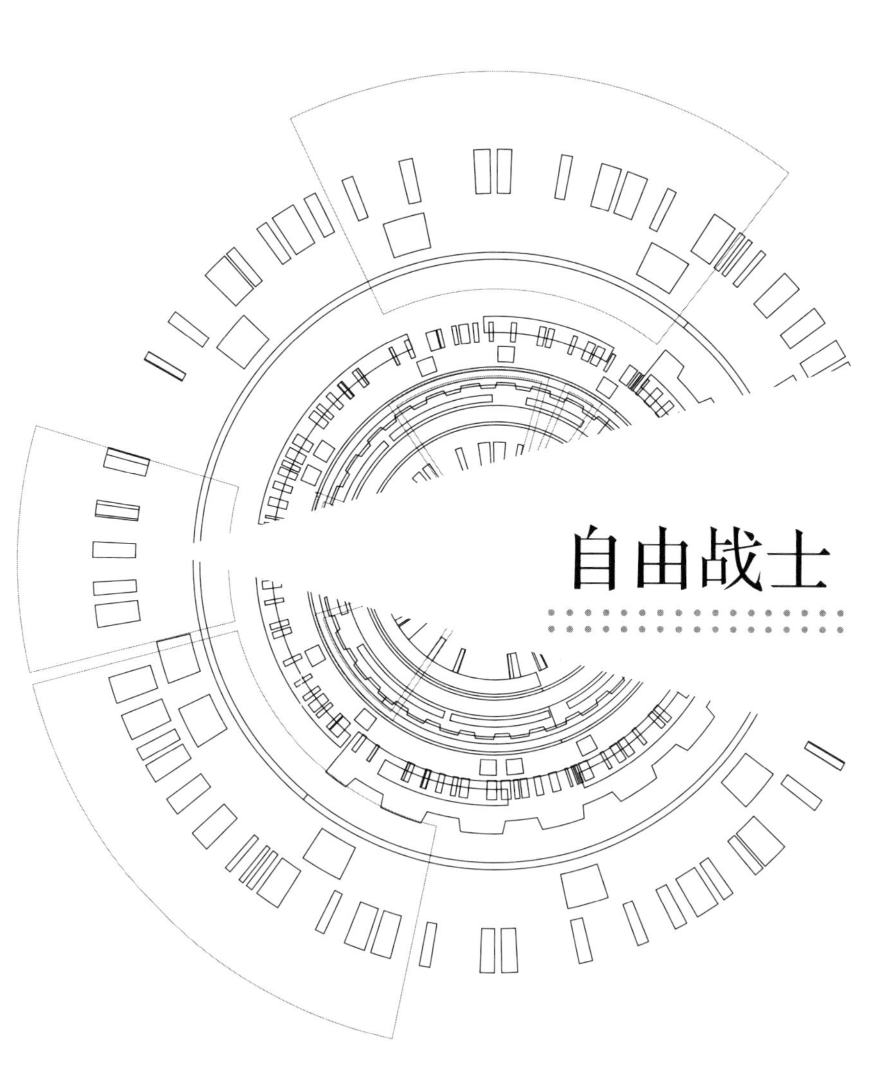

自由战士

龙堡基地戒备森严。自动武器在中央电脑的调控下灵活转动，调整角度，确保火力能覆盖堡垒的每个角落。两架KT13重型机甲在正门巡逻。大门紧闭，两侧各有一根矮小的柱子，仿佛残断的门轴，而古为知道，那是致命的电浆炮，任何机甲被它锁定后逃生的希望渺茫得可怜。十多架直升机在堡垒上空盘旋，寻找任何可疑的动静。

基地进入三级警备状态。各种类型的车辆来来往往，杂乱无章，警卫和救护人员四处跑动，逐个检查倒在地上的机甲。死掉的警卫被剥离机甲，放入太平车，还剩一口气的人被送上救护车，废弃的机甲则被巨大的工程车收拾在一旁，准备根据损坏程度送到工厂修理或销毁。

占领军付出了血的代价！古为有一丝隐隐的快意。

然而他的目的不是欣赏他亲手制造的混乱。他要冲入龙堡，拯救一号。工程车忙碌地来往，废弃机甲一架架堆叠起来，好像一座小山。古为沉默地望着小山，他看见了并不希望看到的东西。熟悉的风神翼龙图案出现在视野里，古为将它调整到视野中央。黑色的风神翼龙仍旧展翅飞翔，风神机甲却静静地躺在垃圾堆里，没有一丝生气。

一切都已经结束。龙堡正从混乱中苏醒，死掉的一号却不可能复活。太迟了！古为是一个自由战士，而不是自杀攻击队队员，于是他选择退却。

黑色骷髅机甲以三百米每秒的速度低空脱离，消失在夜色浸没的旷野里。

突袭龙堡是一号提出的计划。一号原名钱利人，和古为同时进入宇航军事学院。进入学院之前，两个人是朋友，进入学院后成了好朋友，形影不离，被同学们戏称为“亚洲[1]双子星”。

毕业那年，来自地球的占领开始了。钱利人突然失踪，两年后古为才再次见到他。战场上，一架红色机甲跳起锁定，空中启动飞行，追击两百米，落地不制动二次弹跳。漂亮的高难度复杂动作唤醒了古为的回忆，他毫不犹豫地认定这个反叛分子就是钱利人。古为驾驶KT10机甲短半径连续翻滚，接连避开两枚导弹，在落地的瞬间完成变形，漂亮地着陆，借助惯性向红色机甲冲去。红色机甲没有开火，古为也没有开火。交错而过的瞬间视线相碰，古为知道钱利人也认出了他。

剩下的战斗里两个人小心翼翼地避开对方。撤退的时候，古为听到钱利人的喊声：“为皮特而战！”这是抵抗组织的口号，而古为却知道，钱利人是说给他听的。第二天，古为失踪，他的名字被列入逃兵黑名单。半个月以后，军方在一次战斗清点中发现特别强悍的皮特机甲，黑色机身，绘有三维浮雕骷髅图样，经过行为鉴别，认定机甲驾驶者是古为，于是古为被军事法庭缺席审判，以叛国罪名处以死刑。

古为成为“利刃”的一员，编号九十九。钱利人是“利刃”的一号。

“我们两个加在一起，就是一百，是无坚不摧的利刃。”

此刻，风神机甲被击毁，丢弃。钱利人也死了。利刃残缺，更重要的是，它失去了头脑。“利刃”不能没有一号，古为也不能失去这个朋友。只要钱利人活着，任何代价都可以接受！这个念头坚定地贯彻在古为的意志里，仿佛青铜一般生硬。

① 亚洲：皮特星球最大的殖民城市，皮特共和国首都，最大的航空港所在地，经济中心。

D计划

D计划的负责人是马教授。马教授是皮特星球的骄傲。他是当今最杰出的时空理论家，由于其在虫洞构架理论上的划时代贡献而三次获得人类社会最古老的荣誉——诺贝尔奖。根据他的理论，天才的空间工程师约瑟·李成功总结出制造大型虫洞的方法，从此跨越星系的大规模物质传递成为现实。然而在这种现实到来之后，太阳系联邦政府马上宣示自己的权力，开始大规模向外传送用来保护太阳系实在显得太多余的军事力量。日冕号太空母舰来到新太阳系，近万人的机甲部队登陆皮特星球。太阳系联邦政府开始接手保卫皮特的重任，以保证皮特不会受到来自任何邪恶势力的攻击。然而皮特人将他们称为占领军。

武装占领事件发生在马教授的理论发表二十年之后。理论刚完成时，珍妮劝马教授谨慎发表，最好仅仅在皮特星球的内部小圈子里公开，核心的部分交给皮特宇宙学会。然而马教授坚持将所有资料公布在星际网络上，理由是他的理论离不开前人的伟大成就，是全人类的共同财富。

共同财富的说法很快被证明是一个美丽的神话。占领军的到来让马教授的梦想变得支离破碎，他宣称虫洞构架理论是其一生中最大的错误，然后关闭实验室，以隐退的方式抗议。当然，他并没有放弃钟爱的宇宙学，实验室名义上已经关闭，却一直在运作，政府对此也并不干涉。

潜心研究，不再牵扯是是非非，这是马教授的理想状态，但当眼前的年轻人向他展示一张签有马五立姓名的支票后，他明白隐退不过是一个梦想。

年轻人展示的支票金额是一千万皮特盾，数目并不多，不过是马教授维持实验室经费的二十分之一。然而支票由玛利亚金属公司签发，实验室六成以上的经费来自这个公司。马教授一直认为该公司的老板比尔是个关心宇宙学的亿万富翁，乐善好施，此刻他才知道其实并不是这么回事。

“这些钱来自抵抗组织，我们资助您是因为您是皮特的骄傲。抵抗组织并不希望从您这里得到任何回报，但是现在情况特殊，我们需要您的帮助。”

马教授并没有选择的余地，虽然他不喜欢被逼迫的感觉，但他还是宽厚地笑笑，“我不过是个宇宙学家，而且只是理论家，恐怕很难帮到你们。”

“我听说了D计划。而且知道您需要一个实验者。”

“你知道D计划？”

“我只是一名自由战士，不能理解高深理论，但是知道这个计划的研究重点是时间旅行。”

“可以这么说。虽然有些理解上的差异，但你确实可以这样描述D计划。”

“而且有人告诉我，您已经成功地完成了动物实验。”

“不能算成功，那些动物安然无恙而已。它们不能告诉我是否成功，成功只是推测。”

“但我可以告诉您！”

年轻人加重了语气，直直地盯着马教授。突然他抬起左手，食指指着脑门，“这里，有能够自我判断的意志，教授，您需要的就是这个，不是吗？”

马教授眯起眼睛，仔细端详眼前的年轻人，就像审视刚刚完成的手稿。这个叫古为的年轻人很精壮，浑身洋溢着野性的力量，表情严肃，不苟言笑。眼睛非常有神，眸子闪烁着逼人的光彩。

“你想参与D计划？”

“是的，参与您的实验是一种荣幸。”

马教授露出微笑，“不是这么简单吧，你到底有什么目的，可以直截了当地说。”

“我需要回到过去去救一个人，他是我们的领袖，也是我的朋友。”

“发生了什么事？”

“他死了。”

马教授低下头，皱着眉头，似乎难以下定决心。

“教授，他非常重要，作为皮特人，您应该理解我们抵抗占领的决心。他的死对我们来说损失很大。”

“并不是我不愿意帮助你们，而是你的这个想法不可能实现。简单一点说，他已经死了，你不可能再救他，这是既成事实。”

“能够回到过去，就有办法救他。”

“这是你一厢情愿的想法。如果你救了他，他没有死，你就不会来我这里请求帮助，那么你就不会回到过去，而按照原来的情况，他应该死掉。悖论产生了，明白吗？所以将你送回过去，只有一种情况可能发生——什么也不会改变。”

马教授的语气坚定，没有给古为任何反驳的余地，古为也无从反驳，然而他沉默地站着，样子很倔强。

古为仍旧沉默着，他不再盯着马教授，视线漫无目的地落在眼前的杯子上，蒸汽袅袅上升，古为微微有些心烦意乱。事情的发展和预计的有些出入，马教授居然不愿意配合。当然这是出于古为无法理解的原因，而不是马教授对于抵抗组织有所抵触。马教授是坦诚的，古为能够看出来。

“年轻人，回去吧，过去已经发生，你不能改变任何东西。努力做好未来的事，为皮特的未来继续战斗。”

未来！这个词触动了古为，他抬头，再次盯着马教授说：“教授，如果有个来自未来的人此刻出现，告诉您不要走出这个屋子，否则您会被杀死，您还会走出去吗？”

“可能会，可能不会，取决于我能否信任他。”

“是啊，可能会，可能不会，您是可以自由选择的。如果说过去不能改变，难道我们的选择已经预先被注定？这不是很荒谬吗？”

马教授没有回答古为的问题，他回避了古为的视线，望着空间的某处，仿佛在沉思。最后他回头说：“珍妮，准备一次实验。”

时间机器

古为被领到一间封闭的屋子里，身后的门悄无声息地合上。古为走到屋子中央，骷髅机甲沉重的脚步停下，整个世界仿佛在一瞬间寂静下来，古为似乎听见了自己的心跳。在沉寂中，古为四下张望，他没有发现任何东西。

“教授！”古为呼唤马教授，没有等到回答，他发现了异常。

一面墙壁从中央裂开，仿佛自动门一般向两旁退开，黑暗从缝隙中挤出，不断扩张，最后占据了整个平面。

“你现在可以看到时空交换的实验装置，当然你可以称它为时间机器。”

“机器在哪儿？”

“全部。”

古为有些疑惑，他缓慢地靠过去。

“年轻人，那就是‘门’。跨进去，你会到达另一个时空。”

古为停下脚步，“走进去，我就能回到过去？”

“一些问题必须再次重申。第一，无法给你精确定位。如果你到达一个确定的时刻，那么我不能保证空间位置。你可能会出现在任何位置，真空中，海洋里，甚至夹在一堵墙里边，都有可能，那样基本上你会死掉。而如果给出一个精确的空间位置，时间误差将增大到不可忍受的程度，你会出现在五百年前，或者五千年前，当然也有可能就在你需要的一个月前，但是可能性很小。你的行动将失去意义。所以我们必须在空间和时间之间折中。第二，建立时空扭曲非常耗费能源。传送的质量有限，质量越大，时空定位越不精确。你和这架机甲已经达到功率允许的上限，将它送过去，时空误差积将是一千五百立方千米每时。我将把你的时空中心点定位在龙堡，范围是高度一米，随地形起伏覆盖地表的一百五十万平方千米，也就是以这点为中心，半径一千二百多千米的一个圆。你的机甲机动性也许可以弥补一些距离损失。时间点只能选择在事件发生前两个小时，我们有一个小时的误差值，必须将它考虑进去。”

“您的意思是，如果我落在时间误差的最后端，到达过去，只有一个小时去救他？”

“是这样，但是如果我们将时间提前，时空扭曲支持不了那么久，你会被送回来。这是第三点，你只有三个小时的时间。”

马教授似乎希望古为在最后关头退缩，“你能够影响到这个事件的可能性并不高。”

古为没有丝毫犹豫，“我已经准备好了，教授！可以出发了吗？”

门的那边一团漆黑，仿佛黑暗无底的宇宙空间。黑色骷髅机甲跨进去，被无穷尽的黑暗吞没。

“教授，你真的让他去？”

“珍妮，我不知道。我不知道该怎么办。”

“你可以选择放弃。”

“已经五年了，有了成果最后却要放弃，你觉得合理吗？”

“合理。”

“我只希望这个年轻人能带给我一点不同的东西，最好是一个反例，证明我的理论存在错误。这样我就可以继续研究下去。”

“你不该送他去。”

“这是他的愿望。”

“是你的愿望，你愿意送他去。”

…………

“我们都在寻找属于自己的自由。”

第二套方案

三个小时后，黑色骷髅机甲从“门”里走出来，安然无恙。机甲脱离，古为跳出驾驶舱。

“失败了？”

“是的。我落在距离龙堡西南一千二百五十千米的位置，全速赶过去已经太晚了。也许晚了半个小时，战斗已经结束了……只看到他被击溃的机甲。”

马教授点头，微微有些失落，“就是这样。”

“再来一次。”

“不是那么容易。我不希望电力消耗太大引起外界的注意。至少要等一个星期。”

古为轻咬下唇，“教授，希望您能够理解我的心情。”

“但是你希望引起占领军的注意吗？”

“不希望。难道没有其他办法？如果，如果不要机甲，只把我送过去呢？”

珍妮很快给出一个方案。古为可以在过去停留七个小时，时空误差积缩小到五百立方千米每时，时间中心点定位在事件发生前三小时，误差范围一小时，古为将落在龙堡周围方圆七百千米范围内。这个方案可以在一个小时内进行。

“最坏的情况下，你不可能在两个小时内徒步走七百千米。而且你没有机甲，到了龙堡又能干什么？”

“我会找到交通工具。我可以混进龙堡，搞到警卫机甲。”

“计划越复杂，失败的可能性越大。”

“但可以试一试。”

“好吧，”马教授想了想，“如果这样，你还需要一套定位系统。能够了解什么地方可以找到交通工具，并用最短的时间赶过去。感谢上天，这么一套系统不算太重。”

故　障

古为在荒无人烟的旷野里奔跑。这一次他的运气不算太糟，龙堡在正东偏南十五度，五百七十千米。最近的一个飞梭站在十千米外。这里是亚洲城外的地球动物保护园区，荒无人烟，飞梭站是唯一的希望。古为在地图上确认方向后收起定位系统，开始奔跑。如果没有意外，他可以在四十分钟内赶到飞梭站，那样他会有足够的时间赶到龙堡。混进龙堡并不难，只要有时间！古为在齐脚面的野草间和时间赛跑。突然他捕捉到异样的声响，扭头看见几百米外有一个小小的人影，在荒芜的草间向他挥舞着双手，似乎在喊些什么。动物保护园区很少有人，除了管理员，任何人进入都是违法的。抱歉，我没有时间解释！古为回过头，继续跑。

古为大口大口地喘着粗气。他在一个小山包顶上停下来喘息。他已经跑了整整三十分钟，还没有见到飞梭站的影子。天上一架红色飞梭一掠而过，古为带着无限渴望的眼神望着它远离。

古为打开定位系统，再次确认方向，同时也让自己恢复一点体力。屏幕上还是清晰的电子地图，古为的位置显示在地图上，是小小的红色亮点。他的眼睛微微睁大，呼吸粗重起来。那个飞梭站，距离不再是十千米，而是十九千米，此刻距离最近的是另一个飞梭站，距离十二千米。古为几乎不敢相信自己的眼睛。他使劲揉眼睛，想确认看到的是幻觉，然而电子屏幕清晰明确地告诉他，这是事实。

一时间，古为的想法是定位系统出了故障。他迷失在旷野里，不可能在三个小时内找到飞梭站，沮丧的心情一瞬间统治了古为。他突然感觉极度疲惫，颓然地坐下来。二十分钟在不知不觉中过去，起伏的胸膛渐渐恢复平静，古为躺倒在山坡上，痴痴地望着空无一物的天空。他什么也做不了，只有等待时间机器将他带回去，而此刻，在五百千米外的龙堡，一号正在行动，两个小时或者三个小时、四个小时后他就要倒下。第二次失败！古为暗暗咒骂自己是头猪。突然他想到什么，猛地跳起来，打开定位系统。

他握着定位系统向着飞梭站跑，距离指示在增加。他跑回去，距离指示开始减小。古为的手微微有些发抖。反向！定位系统在工作，然而方向完全反了。只要走相反的方向，就能到达飞梭站。古为振奋起来，确认方向后收起定位系统。他开始向着十二千米外的飞梭站发起冲刺。浪费了一个小时！不，而是更多，他不再有充沛的体力在四十分钟内赶到第二个飞梭站。但是，也许时间的误差给了他额外的一小时，这样距离战斗还有三个小时，赶到飞梭站，他还有两个小时可以利用。奔跑中，他将手表设置为0:00。

1:04，古为冲进飞梭站；

1:10，红色飞梭一飞冲天；

2:00，飞梭进入龙堡基地外围，自动降落；

2:40，古为听到了龙堡基地的警报，他距离龙堡大门一千米。

大门开始合拢，龙堡的防御体系正在运行。基地笼罩在无休止的警告广播中。电浆炮正在抬起，古为知道，不用等它就位，一号就会倒在血泊中，而自己会冲出重围，成功撤退。

一千米的距离不可逾越。他几乎成功了，最后却功亏一篑。古为躺倒在地，放松肢体，缓缓闭上眼睛。突然耳边响起尖厉刺耳的声音，那是机甲超低空掠过引起的声浪。古为没有睁开眼睛，他知道这是自己正在逃跑。脑子里浮现出奇怪的情景，黑色骷髅机甲仓皇远遁，消失在太阳落山的方向。

基地已经封闭，两架KT13重型机甲出来巡逻。它们发现了古为，让他立即离开。古为顺从地爬起来，在两个高大得可怕的机甲面前走过，离开龙堡。他听到机甲战士在开玩笑："这小子一定是吓坏了，躺在地上都爬不起来了。"

还有三个小时他才能回去。古为漫无目的地走着。仅仅一千米！如果不是该死的定位系统，他完全可以混入龙堡，找到机会救出一号。夜幕很快降临。黑沉沉的大地阴森得有些可怕。古为却没有在意，他继续走着。偶然间他停住，抬头看天上，天上没有一颗星星。突然，他看到一个黑乎乎的影像，从龙堡那边向着他飞过来。很快，它掠过古为的头顶，古为看清那是一架皮特机甲，刺耳的声浪很快袭来。古为的视线追踪着机甲，突然它消失了，仿佛某种法术让它隐身了，消融在黑色背景里。

古为的嘴角泛起一丝微笑，他知道那是自己的黑色骷髅机甲。那是失败的第一次。如果那个时候，知道第二次来自未来的我正在下面看着自己，那会是怎样的情形？想起来有点怪！

希　望

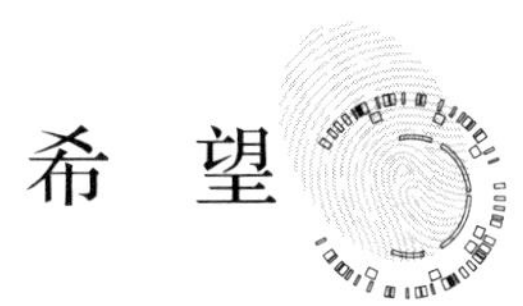

古为再次从“门”里出来，这一次并不是他“跨”出来，而是被“门”一点点送出来。他睡着了。沉睡的脸上带着某种坚韧不拔的神情。马教授想唤醒古为，珍妮阻止了他：“让他睡吧，他一定累坏了。”

马教授放低声音：“准备第三次实验。”

“他不会再去了。”

“他一定会去。”

古为醒过来向马教授讲述了整个过程。他的眸子在闪光，是内心充满希望的光彩。再试一次，一定能成功！这个信念几乎不可动摇。一千米，仅仅是一千米而已。他已经了解了定位系统的反常，不会再被它耽搁。马教授没有直接反对。

“已经失败两次了，你还想再试？”

“当然，一千米，仅仅是一千米！我完全可能成功，如果事先知道定位系统会有那样的问题。”

“我还是告诉你，你不能改变什么。”

“我能！我几乎已经成功。就差一点点！”

“那一点点是无法逾越的。”

古为压抑着激动的心情，平静地看着马教授说：“再给我一次机会。我一定可以救他。”

马教授没有点头也没有摇头，沉默地看着古为。“好好休息吧。”马教授说完离开房间。

第三次实验马上就要开始。古为做好一切准备，等待马教授下令。

“古为，我推演过你所遇到的问题，时空扭曲会对定位系统的磁极产生随机影响，可能磁极会改变方向，也可能不变，你到达以后先实验确认。”

古为点头：“放心吧，教授，这次它不会妨碍我。”

珍妮向马教授做出手势，马教授向古为示意：“去吧。”

古为跨着昂扬的步子走进“门”，就像走进凯旋门的将军。未来，将在我的手中改变！

“这一次，似乎希望很大。”

“希望如此。”

营救一号

古为确定位置，惊讶地发现自己第二次来到了地球动物保护园区。距离最近的飞梭站十一千米。虽然并不是最好的情况，也属于较好的运气。他来回跑动，确认定位系统是否改变方向。这一次，它工作正常。古为开始奔跑，不再有任何事能阻挡他。

突然他发现远处有人在移动。

那是另一个自己!

古为简单地判断了一下，他正在向着错误的方向移动。

“不，不是那边！”古为情不自禁地停下，挥舞双手，向着远方的自己喊叫。毫无疑问他听到了喊声，他在回头，他没有停留还继续跑。古为的记忆被唤醒，他想起二十四小时前自己正在错误的方向上跑着，听到一些异常的响动，回头，看见一个挥舞双手的男人正在喊叫什么。一种惊悚的感觉滑过心头，古为隐隐有些不安。他回来，来做一些从来不曾做过的事，这些事却确实地存在于记忆里，已经发生过。

古为没有时间再去想，他稳定情绪，开始向着飞梭站奔跑。

四十六分钟后到达飞梭站，一个小时后降落在龙堡外围。龙堡很平静，戒备松懈，一切就像“利刃”未曾到来时一样。谁也不会想到“利刃”敢于对这个最大、最先进的军事堡垒动手，这是大胆而成功的突袭，只有一号那样大胆而缜密的人，才能做出这种计划。战果是显赫的，“利刃”成功地摧毁了占领军的通信指挥中心，然后分头突围。突袭小组十一人中仅有两人死亡，对方的警卫死伤足足有三十多人。然而不幸的是，死去的两人里面偏偏有一号。

龙堡并不禁止平民入内。当然，核心区域不会让人轻易进入，如果要进去，需要一番周折。古为不需要进入核心区域，他的位置是靠近大门的地方，一号在那里被屠夫式机枪近距离击中，当场死亡。古为进了大门，判断一号被袭击的位置并没有耗费太多工夫。一号在那里倒下去，眼睛睁得很大。我不会让你倒下！古为和想象中的一号说话。

他不能赤手空拳，必须设法拿到武器。在占领军生涯中，古为曾两次来到龙堡基地参加训练，对基地非常熟悉。他知道武器库的位置，也知道巡逻机器人的路线。不过这不是最好的办法。古为早已经想好最佳策略。他溜进了基地大门附近唯一的厕所。

上厕所是机甲警卫的大事。脱离和穿上机甲都很麻烦，而人又不能不排泄。如果很多机甲同时来到厕所边，会将空间挤得水泄不通，造成相互谩骂甚至斗殴的恶性事件。为了避免这种事发生，机甲警卫上厕所的时间被谨慎安排，每人会有属于自己的五分钟时间，同时保证每个时刻，最多只有两个机甲警卫离岗。古为知道这是自己绝好的机会。他溜进厕所躲藏起来，就像一只狩猎的豹子，静静地等待猎物。

机甲的噪声在门外停止，过了十多秒，一个警卫匆匆忙忙跑进来。一分钟后，古为穿着警卫制服匆匆地跑出去，跳上机甲，将它开动起来。这是KT13重型机甲，虽然古为没有操纵过，但它还是属于KT系列，操纵大同小异，古为很快熟悉了它。沉重的脚步向这边走来，这是另一个KT13机甲警卫。古为自如地操纵机甲离开。

古为回到大门附近。这里的地形并不复杂，中央是宽敞的通道，两边是地堡和机甲仓库。击中一号的屠夫式机枪来自哪里？古为仔细回想，然而遗憾地想起当时自己正在断后，转过身来一号已经倒下。那么可能在哪里？

突然警报拉响，警报广播开始重复播报。一号他们已经开始行动。从天而降，捣毁指挥中心，然后贴地分散突围，整个过程只有十几分钟。古为加紧寻找可疑位置。机甲通信器响起来：“K6，回到值班岗位，回到值班岗位。”古为随手将控制板关闭，虽然这暴露了行踪，但无关紧要。整个基地的注意力已经被“利刃”吸引过去，谁会有工夫关心一个擅自离岗的警卫。

古为急速在各个可能躲藏机甲或者火力点的位置穿梭，寻找可疑迹象。他没有发现任何东西。

快！快！这里一定有什么。他不断催促自己。

没有任何火力点！

机甲！

狙击移动过来的机甲！

KT13机甲不能腾空，古为无法从空中了解情况，他重新打开控制板，相关的机甲警卫位置一目了然，训练有素的头脑很快将电子屏幕上的位置映射在现实空间中，古为惊讶地发现，一架机甲竟然一直在自己的身后跟踪。因为全速穿梭的缘故，两架机甲在绕着一些建筑打转，始终没有碰面。

“K6，回到值班位置，回到值班位置。”呼叫声不断响着。古为明白过来这架机甲是一个宪兵，目标是将擅自离开值班位置的K6捕捉回去。

是我把它引到这里的！巨大的震撼压迫着古为，让他呼吸困难。

干掉它！古为开始反向追逐。爆炸声此起彼伏，红色的风神机甲和黑色的骷髅机甲飞快靠近。

干掉它！

古为在心中疯狂地叫喊。KT13的动力开到最大，他蹿到宪兵面前。警报嘀嘀尖叫，宪兵的电锁枪已经锁定他，如果他改变运动方向也许能够避开，可他没有逃避的念头。屠夫式机关枪响了，古为一次性将所有子弹倾泻出去。电击的震颤瞬间击溃了古为的意志，身体失去控制，机甲也完全失灵。KT13无法把握平衡，开始倾倒。被击中了！这是两年多来古为第一次被击中，而且还是被一个无用的宪兵！然而一号得救了！古为欣慰地看着宪兵倒下去，他也跟着倒了下去。

古为抬起眼皮，他看见了一号的风神机甲。风神机甲在宪兵的背后，也正在倒下去。古为甚至看到了一号瞪得很圆的双眼。视线相碰，古为知道钱利人也认出了他。

天哪！古为重重地倒在地上，尘埃扬起，视线变得模糊。

…………

如果我不是那么急迫地想干掉宪兵，如果不是宪兵挡住了一号的视线，如果一号不是那么自信地认为贴在机甲背后很安全，如果我像前两回一样没有赶上……

古为没有任何力量挣扎，他倒在地上，手脚冰凉。乱七八糟的想法在脑子里搅动，急遽膨胀，仿佛要将脑壳撑破。突然黑色骷髅机甲闯入视线。他蹲下来检查一号；他急匆匆地向外跑；突然，他停下……

记忆再次被唤醒，古为愤怒地转过身，带着复仇怒火的子弹倾泻在两具警卫机甲身上。

他在转身，他抬起枪口，明亮的火舌刺痛了古为的眼睛。

模糊的意识里，古为听到了轰轰的响声。紧接着有某种沉重的东西压迫着他，仿佛一只巨大的车轮要将他碾碎，挤压进尘土里。压迫感蔓延到全身，他再也无法动弹，眼前的一切暗淡下来，最后变成浓得化不开的黑暗。

再给我一次机会，我能够救你！最后的念头被碾压得粉碎，飘散在无穷的黑暗里。

古为的身体再次回到实验室。“门”再次将他送出来。所有的一切都丝毫不差，唯一失去的是古为的意志。他的躯体冰冷，毫无生气，仿佛石像。时空置换将他的躯体带了回来，并且抹掉了一切能够说明问题的痕迹。答案已经随着古为的意志消失在一个月前的龙堡。马教授替古为合上没有合上的眼睛。

“你害死了他。你的理论完美了。”

“你根本不该用人进行实验。”

“你太自私了，为了验证理论让人去死。”

…………

马教授默默地承受珍妮的指责。是的，这个年轻人是因为他的决定而死的，他应该为此负责。

“当年发表虫洞构架理论就是一个错误。现在……”

“不要说了！”马教授猛然挥动手臂，他的脸涨得通红，“难道你还认为这是我能决定的事吗？是我的头脑能够决定的事吗？”

马教授气势汹汹，有些失态。珍妮镇静地看着他说：“那么理论呢？实验符合你的理论，你完全可以发表，再得一次诺贝尔奖也很好。”

马教授的怒火迅速平息，他竟然笑起来，可看起来有些惨淡，“我放弃，让后来人去发现它吧！”他望着古为冰冷的躯体，“我开始害怕了。”

珍妮认真地点头。

“这样是好的。至少人们还会努力去追求被称为自由的东西。”

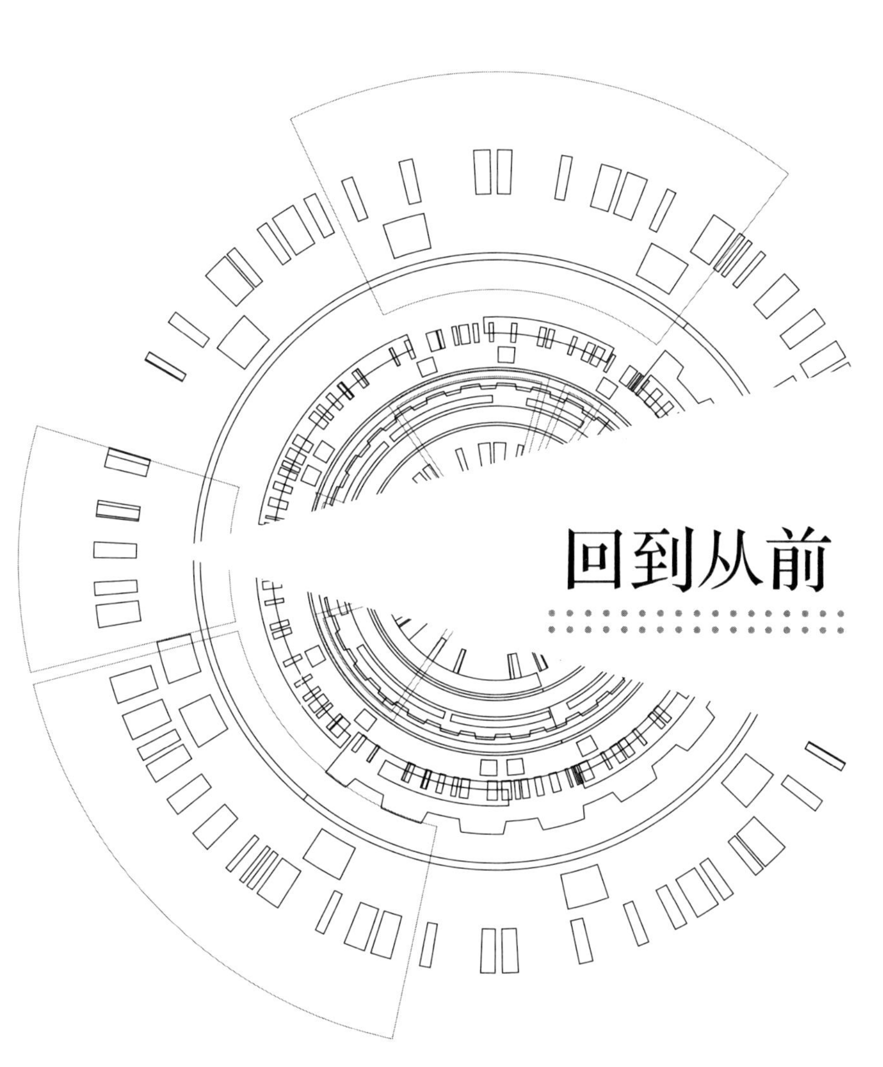

回到从前

“Yesterday Once More”（《昨日重现》）是首老歌。淡淡的忧伤旋律，浅浅的怀旧情绪，不经意间将人带回上个世纪。听歌的时候，找个安静的地方，带上朦胧的月光和寥落的心情，月光下冰蓝色的雾霭随着音乐袅袅而逝，依稀中你回到从前。

警方控制了KG大厦一层，并封锁了整个五号街区。KG大厦前是古荡路，一条熙攘热闹的步行街，此刻排满了警车，红色的警灯闪烁，宣告KG大厦成为禁区。警方大动干戈引发恐慌，KG大厦里边的人疯狂向外涌，争先恐后，仿佛慢一步大厦就会倒塌，来不及逃离。强悍的干警组成人墙，两道人墙构成通道，努力维持秩序。

李润生在浮动的檐帽和钢盔中搜索，很快就发现了局长。在人缝中挤了几个来回之后，他站到了局长身边。局长今年五十三岁，以李润生的专业眼光来看，局长的身体状态和一个四十岁的中年人相当，此刻他正指挥几名干警加强人墙。

“恐怖事件？”

“地下仓库被不明身份者入侵，警卫系统瘫痪，三分钟前，大厦的电力系统突然完全中断。”

“入侵是什么时候发生的？”

“接到报告是十分钟前。”

“我的任务是什么？”

“进入地下，调查情况。如果必要，消灭入侵者。”

李润生扫视慌乱的人群。他很快发现了ET5号。ET5号在某个隐蔽的制高点监视着整个出口地区，他的监视系统具有同时跟踪上百个可疑目标的能力。一台摄像机般的仪器扛在ET5号的右肩上，事实上那是一架狙击步枪，配合强力麻醉弹，就是他的武器。只要不是同时出现十个以上的捣乱分子，任何企图制造混乱的人都会被当场击倒。

这里没自己什么事，李润生向着大楼走去。

“小心点。”局长在身后喊。

李润生没有回头。他是个行动者，这些纯粹表示私人关怀的话对他没有意义。局长表情复杂，注视着李润生挤进人流。

情报系统已经打开，李润生源源不断地接收来自警局情报信息中心的资料，他逆着人流挤进KG大厦。关于KG大厦的所有资料阅读完毕，深刻地记忆在他的脑子里。

仓库在地下四层，是一个保密单位，保密等级为A。精密机械公司为仓库的安保投入大量资金，警卫系统造价昂贵，甚至超过国家情报局科技处。地下一层是警卫室，正常情况有十二人的警力，往下的层次全部是自动警卫系统，一直到仓库大门。所有电力设施已经瘫痪，进入地下的唯一通道是紧急出口。李润生很快找到了它。

演出开始了。李润生轻轻地吹了一声口哨。

东平不知道自己从哪里来，为什么会在这里做一些不知道意义何在的事。每天早上八点他会按时醒来，用一个小时的时间完成各种杂事，然后带上速射枪，沿着一条固定路线开始巡逻，在固定的时间到达固定的地点，检查固定的设备，最后在晚上七点回到屋子，做完一个小时的杂事后进入梦乡。在巡逻中，他会遇上另一个同样穿着的警卫，东平知道他叫遥，两个人相互点头招呼后擦肩而过。好几回东平试图和遥说话，然而始终开不了口，终于有一天，东平用速射枪的枪管碰了遥的枪管，然后露出

一个微笑。遥茫然地看着他，似乎陷入一种迷惘中，最后突然回过神，脚步匆匆地离开去追回迟疑的十几秒。东平想喊住他，然而某种力量阻止他这么做。他迟疑了一会儿，也脚步匆匆地离去。一切恢复正常。

东平的巡逻路线上有一间中央控制室，里边的枢纽装置是防卫重点。闪亮的银色小盒看起来很精致。东平必须为它站岗三小时，然后离开。离开时他会关注地看它一眼，这不属于需要完成的任务，是纯粹的个人行为。精致的银色小盒，或者类似的东西，对他的生活似乎很重要。

东平好几次做梦。梦是人们遗忘最快的东西，倘若不遗忘，就会和现实混淆，生活在一种奇怪的状态中，被人称为妄想狂。早上八点，东平按时醒过来，他清晰地记得梦中的几个情景，然而时间不允许他躺下来仔细回想，他仿佛一部自动机器般完成各种杂事。东平穿戴整齐端着速射枪站在门口，望着床，他知道自己做过梦，然而已经忘得干干净净。

两个月前，东平终于可以清晰地记得自己的梦了。深夜里，他被噩梦惊醒，从床上坐起来，时间是半夜两点，立即起床做事的压迫感并没有来，东平躺下来，仔细回想。他坐在某个光线暗淡的角落，点燃一支香，烟雾袅袅升腾，是寂寞的冰蓝色，他听见了音乐，回荡在整个空间，抒情的旋律听起来很熟悉，抬头是圆润的月亮……东平一遍又一遍地回想这个梦境，最后认定它确实发生过，就在过去的某个瞬间，不过他已经忘得干干净净，因此没有记忆。梦是注定要被遗忘的。东平跳起来，他要为留住这个梦境而做点什么。他在漆黑一团的通道里摸索，凭着直觉奔跑。眼前出现光亮，东平发现自己来到了安装枢纽装置的屋子。东平忐忑不安地将双手放在银色小盒上，显然他触动了什么，盒子后方出现一团光亮，带着蓝汪汪的色泽，渐渐地越来越大，最后变成一个稳定的光球，硕大无比，几乎占据了半个屋子。银盒子展开，露出排布整齐的按键，东平的手落在按键上，被无形的绳索牵引着，他的手指开始移动，越来越快，仿佛在弹奏激昂的进行曲。光球开始发生变化，各种图像出现又消失。东平飞快地寻觅能够帮助他记录梦境的东西。

柔和的月光，蓝色的烟雾，安静的音乐……东平终于能够把这些还原在眼前。眼前的屏幕上是他“画”出来的情景，虽然并不逼真，却是他紧紧抓住梦境的一把钥匙。

一切都不可思议！东平觉得自己像是在做梦。

我很棒！他撮起嘴唇，轻轻地吹了一声口哨。

地下一层有十二名警卫。李润生沿着楼梯向下走，偌大的空间黑漆漆一片，然而一切在李润生眼里都很清晰。他发现了瑟缩在角落里的两名警卫，因为害怕，他们紧紧地挤在一起，背靠背，端着速射枪，带着恐惧向黑暗中张望。李润生向他们走过去，听到脚步声的他们大声喊叫。李润生继续向前走，两个警卫开始射击，李润生知道，他们什么也看不到，只是盲目地向着黑暗开火，希望阻止从黑暗中浮现的任何东西。李润生点亮防护罩，隐约的蓝色光盾在黑暗中分外刺眼，是一个绝好的目标。子弹碰上防护罩，一团团红晕相继亮起来，又很快一个接一个消失。

李润生静静地站了一会儿，让两个警卫有时间适应光亮，看清自己。

“我是警察，请合作。”李润生亮出警徽。

警卫们并没有如预期般镇静下来，相反，他们开始大声吼叫，脸上现出疯狂的神色。速射枪突突地响着，枪管很快有些微微发红，不到二十秒，他们就打完了全部六百发子弹。光盾变成炽热的白色，李润生感觉到强大的压力，迫不得已他打开了最大防护。眼前一片白茫茫的，等他回过神，一个警卫怪叫着冲到了眼前，另一个正试图逃跑。警卫抡起速射枪，恶狠狠地砸下来，李润生伸手稳稳地抓住了他的胳膊。

“我以试图谋杀警察的罪名逮捕你。”

警卫被李润生控制，不能动弹。他使劲挣扎，然而李润生的双手很有力，他仿佛被浇铸在一个模子里。

警卫惊声尖叫。

“现在你要向我解释……”

“你杀了我，杀了我就是了。”警卫仍旧不依不饶地喊着。

按照正常程序，李润生应该将他带到警局，交给审讯员记录口供，然后决定是否向法庭起诉。然而他有更重要的任务，不能在这里浪费时间。警卫的喊声突然平息下去，李润生放开手，警卫的身子绵软地倒在地上。另一个逃跑的应该比这个傻瓜好说话，在完全的黑暗中，那个人不可能跑远。李润生开始寻找。不过他首先找到了其他东西。

一具尸体横在李润生眼前。

这是一个警卫，死者的身体并没有冷却，红外检测仍旧可以看到散发的热量。死亡时间大约一刻钟。李润生仔细检查，在死者胸口发现了一个焦黑的伤口。某种能量武器直接贯穿了可怜的警卫。

能量武器！李润生直起身，扫视四周。看来事件比想象的棘手。他习惯性地皱起眉头，大拇指按在眉心不断揉动。

存在并不一定合理，却总有缘由。某一天东平开始思考缘由，最后一无所获。巡逻，睡觉，巡逻……这就是他生活的全部，甚至不能和同样的巡逻者说话，这当中有股说不出的诡异气息。东平很想知道那是什么，但事实就像一个隐形人，站在身边让你不寒而栗，但你却始终看不见它。在重重疑虑中，东平继续着每天的单调生活。

终于有一天他了解了缘由。一个外来者出现在东平面前，东平自然地端起枪瞄准他。俘获任何进入视野的外来者，如果他们抵抗，杀死他们。东平明确自己的想法，这是他的本能，连他自己也抗拒不了。东平注视着外来者，并告诉他唯一能做的动作就是将手高高举起，老实地面对墙壁贴着。在大声宣布游戏规则之后，东平盯着外来者的一举一动，有任何可疑，他就会毫不犹豫地开枪。他会被我俘获，或者死掉。东平对此抱有坚定的信念。然而他从来没有俘获过任何人，也没有任何杀人的经验，他甚至不记得为此受过任何训练。东平的手心微微发汗，身体有些发抖。

外来者高举着手，可他并没有让自己贴在墙上。

“T，W，K，U，D，F，P，D，T。”

外来者念出一串字符，非常慢，字符挨个蹦出来，清晰而有力。

阿里巴巴站在毫无痕迹的山前，喊芝麻开门，山洞轰然出现，数不清的金银财宝堆积在他眼前，熠熠生光，他仿佛梦游般走进他的美丽新世界，走进一个梦想王国。东平的新世界却并不那么美妙，巨大的潜流从意识深处涌起，让他有些眩晕。新的知识，新的体会，新的记忆，塞满他的头脑，让他有飞速膨胀的感觉。眼前的外来者不再是敌人，而是朋友，他有责任保护他，执行他的指令。东平放下枪，外来者垂下高举的手臂。

外来者点点头说：“我会让两个人下来，他们是我的助手，不是你防御的对象。”

东平顺从地点头。两个人很快出现在东平的视线中，外来者瞥了他们一眼，告诉东平：“我们要进入仓库，打开大门。”外来者的手触动枢纽装置，银色盒子在东平面前展开，露出排列整齐的按键。1024位的字母数字组合清晰地浮现在东平的大脑中，那是纯粹的组合排列，没有任何规律，然而在东平的头脑中异常清晰，就像他能点清自己的手指。

蓝汪汪的屏幕正在抬起，东平迟疑着走上去。他并不知道自己要干什么，然而某种力量在推动他，压迫他，让他站在小小的键盘前。东平犹豫着将双手放在键盘上，忽然他明白了自己要做什么。他回过头，镇静地看着外来者：“密码。”

外来者注视着屏幕说：“XP20849002。”

又一扇大门在东平的头脑中打开，他的手指飞快移动，轻快地敲击按键。他调出了阀门控制系统，这个控制系统隐藏在操作系统的核心，要经过二十四个特殊步骤才能够打开。东平熟练地执行繁琐的步骤，准确无误。一道密码锁住了最后步骤，1024位的字母数字组合在东平脑子里跳跃，每位数字经过加三乘二除五求余，每位字母经过数字映射加六乘三除二十六求余然后重新映射为字母，密码产生了。东平精准地完成了整个过程。

重达三吨的混凝土大门缓缓抬起。外来者和他的两个手下专注地看着封锁财富的大门一点点挪动，似乎已经忽略了东平的存在。东平疑惑地看着双手，什么东西在脑子里若隐若现。他知道那是自己的记忆，然而，仅此而已。

外来者带着两个手下向着洞开的大门走去，东平感觉到了什么，抬起了头。外来者的一个手下正侧着脸瞧他，眼神有些怪异。东平的视线与他相触，他扭过头，若无其事。

大门缓缓合上，截断东平的视线，他的目光重新落在双手上。

他迟疑着撮起嘴唇。嘘——他吹出一声并不响亮的口哨。他皱起眉头，右手不自觉地向着额头摸去。终于，他把大拇指按在眉心，轻轻揉动。

李润生进入地下二层。没有任何东西阻拦他。

警卫系统已经瘫痪。作为全球最著名的机器人生产厂商总部所在地，KG大厦拥有完善的警卫系统。地下的警卫系统更是无懈可击，仅仅在地下三层，就有四个和ET5号功能类似的机器人。虽然这些机器人没有自我系统，不能自主学习，比ET5号原始得多，但其追踪目标、处理数据的能力并不比ET5号逊色。如果警卫系统没有瘫痪，除非使用重型武器毁掉整个地下建筑，否则牺牲一个轻步兵团也突破不了警戒。

然而警卫系统不可思议地瘫痪了。大厦的电力供应来自埋在地下十五米深处的电缆，是一条专用线路，秦洛电站为它提供充足的电力，线路上设计的保险阻断值是六千二百三十五安，这是电站能够提供的极限，超过这个值，电站的发电机组会被彻底毁坏。警卫系统有备用发电机，可以在断电情况下坚持二十四小时。看起来万无一失的措施没有任何作用，来自秦洛电站的报告显示，在断电的刹那，大厦的电量突然飙升，仿佛一个巨大的能量黑洞要将电站所有的电力吸引过去，专为大厦设计的六千安保险电路终于发挥作用，大厦陷入黑暗。至于警卫系统备用发电机，李润生在二层找到了。它被烧成了一个铜块，完全报废。

一层的十二个警卫显然遭遇了可怕的事件。三个人死了，死因相同，都是被能量武器杀死。剩下的人陷入接近崩溃的状态，只要李润生试图靠近他们，就会遭到速射枪的疯狂射击，然后他们会慌不择路地逃跑，在黑暗中摸索着墙壁跑动。李润生抓住的第二个警卫，没有开口就已经昏了过去。终于他抓到第三个警卫。这个警卫总算能够说出一点有价值的东西了。

“不要杀我，不要杀我！”恐惧扭曲了警卫的脸，李润生感觉他的身体在不断地抖动。

“我是警察，把你看到的情况告诉我。”李润生再次出示警徽。

警卫显然并不信任李润生所说的话，一直在发抖，拒绝告诉李润生任何东西。迫不得已，李润生给他注射了镇静剂。警卫的情绪平稳了一些，身体也不再抖得那么厉害。

“你看到了什么？我是警察，你必须与我合作。”

“我看到……”警卫大口大口地喘气，似乎肺部正在抽搐。

李润生友好地拍拍他的背，“不要着急，慢慢说。”

“突然断电，一个发光的幽灵，它在墙上走。它是个鬼。它不怕子弹，它的身体发光，闪闪发光。杰恩吓坏了，向它开枪，子弹打中它，肯定打中它了，我看到子弹在它的身体里边旋转，很快慢下来，最后停留在它的身体里，慢慢向外退。”警卫瞪大眼睛，茫然地看着地面，努力回忆，“子弹掉在地上，我听见声音，子弹掉在地上，射中它的子弹掉在地上。突然它消失了，周围也忽然全黑了。突然我看见它站在杰恩身边，它突然蹿出来，根本不知道它是怎么出现的。杰恩倒下去，甚至没有哼一声。它杀死了杰恩。是的，它杀死了杰恩。”警卫突然转身就跑。李润生一把抓住他。

“放开我！”警卫使劲地喊，拼命挣扎。注射镇静剂之后还能够有这样的力气，李润生微微有些意外，然而仍旧稳稳地抓着他。

“是你，你杀死了杰恩，我看得很清楚，是你杀死了杰恩。”警卫变得有些疯狂。

警卫倒在地上，李润生将他麻醉。虽然警卫有些神志不清的症状，但李润生认为他说的是实话，是他眼中的真相。

一个幽灵，发光，有些半透明，被子弹击中没有受伤，至少表面上看来没有受伤，它拥有能量武器，能够随意移动。那是什么？数据库里没有任何类似的情况。

李润生考虑是否回到地面上向局长报告情况，然后再深入调查。然而某个事实引起了他的兴趣：一个幽灵，和自己一模一样的幽灵？他决定继续向下走。

李润生进入地下三层。没有任何东西阻拦他。

柔和的月光，蓝色的烟雾，安静的音乐……东平能够想起这是他的梦。是的，那个晚上，他从梦中醒来，跑到这里，触动了枢纽，记下他的梦。我是怎么做的？东平一阵茫然。某些东西正从他的记忆里流逝，他甚至能够听到它们消逝时沙沙的声音。突然间他觉得某个东西很重要，仔细想一想后他认为是那个1024位的密码。他准备将它记录下来，然而太迟了，后面的三百多位已经记不起来了，又过了一会儿，东平发现他仅仅记得开始的十五位。东平匆忙打开记事本，在里边他只来得及写上两个词：密码，1024位。

外来者很快走了。东平却没有恢复正常的生活。在巡逻中，他会走神，思考写在笔记本上的两个词组的含义。在枢纽装置边，他回想起自己曾用这台机器记录过一个梦。那个梦里有柔和的月光，蓝色的烟雾，安静的音乐。这些事都很奇怪，需要弄明白。然而他必须巡逻，在固定的时间到达固定的地点，检查固定的设备。在这一切完成后，就到了该睡觉的时间。东平试图在巡逻中挤出一点时间，或者晚些睡觉，可是不行，某个时钟和他的生物钟绑在一起，和他的行为绑在一起，他无法摆脱。东平突然有些憎恶眼下的状态，他在不属于自己的生活中生活，没有丝毫自由。他对此无能为力，只有无奈。

无奈的状况持续了很久，终于，东平找到一个办法：在入睡前他给自己灌下一升水，深夜里他被尿意唤醒。没有任何事必须要做，没有任何压迫感。

我是自由的！一切就和那个被梦惊醒的深夜一样。东平处在一种兴奋的状态中，手指不断发抖，他怀着忐忑不安的心情来到中央控制室，颤抖着触摸那个银色的小盒。银色小盒再次在眼前展开，屏幕抬起。东平再一次看到自己画出来的梦境。然后呢？那是一个梦，就这样结束了？这个情景似乎预示着什么，东平却看不到。就从这里开始吧。

东平找到让自己在深夜醒来的办法，每个晚上他都在中央控制室度过。许多时候，东平漫无目的地打开一些程序，发现自己进入某些界面后立即明白所有的使用技巧，仿佛是一种天生的本领。东平惊讶地发现他具有种种自己并不知晓的能力。这让他变得更好奇，更加疯狂地在机器上寻觅。他越来越熟悉枢纽装置，掌握了越来越多的使用技巧。时间一天天过去，东平在深夜有限的几个小时里争分夺秒。存在总需要一个缘由，当东平思考的时候，缘由并不存在，此刻，他认定可以在这台机器上找到缘由——他失忆了，有一个失落的过去正等着他去捡回来。这个想法明晰地印刻在脑子里，变成一种信仰，成为支撑他的动力。东平一天天瘦下去，可他坚持不懈，终于有一天他打开了这个程序：皮格马利翁[1] Ⅱ。

熟悉的界面唤醒了东平的记忆，是的，是的，就是它！柔和的月光，蓝色的烟雾，安静的音乐……一切的背后是一个皮格马利翁程序。东平压抑着内心的激动开始敲打键盘，主界面跳出后他靠在屏幕前，一个立体的毛坯等待他去雕琢，他将双手轻轻地按在屏幕上，屏幕亮起柔和的红光。

来吧！雕刻你的梦中女郎。漂亮的褐黄色字体环绕着毛坯旋转，带着金属色泽，仿佛一把锋利的刻刀。

来吧！雕刻你的梦中女郎。东平的手停留在屏幕上。毛坯在他面前旋转，他思考着，回想着。

他拿起刻刀，略微迟疑，终于，他在毛坯上划下第一刀。

李润生找到失去作用的类ET5号机器人。严格地说它们只能算机器，将它们称为机器人不过是一个传统，没有自我系统，复杂度再高的机器终究只是机器。当然，这样的机器有一个显著的好处，它们随时可以成为某个机器人的一部分，大大优化机器人性能。

腕表弹起，里边是复杂机械，探头从一个不起眼的角落伸出，接入通用接口。机器人被重新点亮，发出轻微的嗞嗞声。

李润生熟悉ET5号的功能，他曾经和ET5号融合，资源共享之后，知觉能力比正常情况提高了一百倍，可以同时跟踪上百个目标。然而这种情况仅仅发生过一次。融合并不是一件美妙的事，两个人将相互窥见对方的思想和心灵深处，一切变得赤裸，毫无秘密可言。任何一个自我系统都会对外来者做出排斥反应，否则就不会成为自我系统。除非情况紧急，融合并不是一个好的选择。

---

① 皮格马利翁是古希腊神话中的塞浦路斯国王，他爱上了自己雕塑的一尊少女像，并且真诚地期望自己的爱能被接受，这种真挚的爱情和真切的期望感动了爱神阿佛洛狄忒，于是她赋予了雕像生命。

这种类似ET5号的老式机器人没有自我系统，谈不上融合。李润生有过与ET5号融合的经验，知道如何控制运行。李润生点亮它，控制它，使它成为李润生的一部分。

整个地下三层没有任何可疑目标。

李润生打算中断连接，进入最底层，就在中断的瞬间，他感到一阵眩晕。强大的电流从体内流出，进入系统，李润生感到身体急剧地虚弱下去，中断再也不能进行。一股力量拉着他，将他紧紧地绑死在机器上，巨大的吸引力攫取着他的能量，仿佛要将他抽干。防护盾的光芒刹那间消失，左臂一阵阵胀痛，那是过载的警告。李润生竭尽全力控制自己，趁大脑防护墙没有被冲垮之前，他设计了七十五种方案。当然最后的选择只有一个：他掏出枪，打断了传输线。

致命的眩晕离开头脑，身体却格外虚弱。如果过程再多持续一秒，心脏就会因为过载而崩溃。一次小型核爆，KG大厦坍塌，地面上成千上万的人伤亡，留下一个五十年内禁止靠近的辐射区。这种恐怖的可能让李润生有些后怕。还好一切都没有发生。

他急速地呼吸，让过载产生的大量热量加速排出，同时不断计划下一步行动。

身体的虚弱感消失。李润生开始行动。回到地面，向局长报告，共同策划下一步行动，这是最佳策略。然而他没有采用。他决定继续冒险。

这是我遇到的最有趣的事。好奇心支配着他，逻辑选择脆弱得不堪一击。他把防护罩设置为隐藏模式，这样也许能够降低危险。

仓库就在脚下，楼梯口悄然无声。

东平全身心地投入到雕塑中。他小心地、一点一点地琢磨，用砂纸打磨关节，用小刀雕刻纹理，从头到脚，每一个细节都注入了百分百的心血。

东平并不了解雕像最后应该是怎样的一个模样，他凭着感觉雕刻每一个细节。应该是这样！应该是那样！他相信直觉。轮廓逐渐浮现，越来越清晰，东平头脑中的模样也越来越明确。终于，雕像完成了，只剩下眸子没有刻上去。

那是怎样的一双眼睛？东平注视着脸庞上应该是眸子的地方。柔和的月光，蓝色的烟雾，安静的音乐……脑海中仿佛有一个镜头在旋转，一切变得模糊，最后变成一片白茫茫，镜头缓慢地重新聚焦，景象清晰起来，焦点是墙上的一幅相框。东平看到一双明亮清澈的眼睛，眸子里光芒闪烁，似乎在述说什么。他不再犹豫，刻刀飞快地给雕像补上了眼睛。

来吧，祈求阿佛洛狄忒为她注入生命。

柔和的声音催促着他，东平打开标示着"阿佛洛狄忒女神"字样的行为模式库。成千上万的模式展现在东平面前，供他挑选。选择一个，属于她的一个或者是属于她的几个。东平缓慢地搜索着，突然他意识到，他并不需要选择，他要创造。是的，他要创造。需要创造的对象如此复杂，以至于东平不敢想象他需要花多长的时间来做这件事。一个精致的自我系统，能够对最细微的情绪变化产生反应，能够自主思考，独立判断，每一次接触都会有不同的变化。最重要的一点，她必须携带某种记忆。

东平站着发呆。他的脑子迅速地被一些东西填满。毫无疑问，他曾经创造了这样一个自我系统。相框再次浮现在脑子里，整个画面变得很清晰。他看到了一张女孩的脸，清澈明亮的眼睛注视着他，薄薄的嘴唇轻轻抿着，嘴角微微上扬，俏皮地微笑。

"慕！"东平喃喃地说出一个名字。她是慕。东平转向眼前的雕像，雕像隔着屏幕正对着他，雕像的眼睛里没有生命。

"Yesterday Once More"是首老歌。淡淡的忧伤旋律，浅浅的怀旧情绪，不经意间将人带回上个世纪。听歌的时候，找个安静的地方，带上朦胧的月光和寥落的心情，月光下冰蓝色的雾霭随着音乐袅袅而逝，依稀中你回到从前。

东平很清晰地记得这段文字。慕正在从事她的小说事业，她为自己的小说设计了这样一个开头然后问东平怎么样。东平对于文学一向敬而远之，只有说非常棒，非常棒，然后问慕打算写一个怎样的故事。慕目光流转。

这是一个悲剧故事，女主人公和男主人公非常相爱，他们生活得幸福美满，然而发生了一次事故，这个事故要设计得精彩一点——女主人公出了意外，死了。男主人公很悲痛，沉浸在思念中不能自拔，只有靠回忆来打发时光，整个故事就是男主人公的回忆。故事的题目叫作“回到从前”，你认为怎么样?

慕向东平描述她的构思，东平微笑着听她描述，不断轻轻地点头。

慕的构思迅速实现了，不是她的小说，而是她的生活。在阿尔卑斯山的滑雪场，慕执着地要滑高级雪道，东平不同意，然而拗不过慕的执着。慕在空中翻滚，翻过一个三百六十度，又转了一百八十度，动作发生意外，慕不幸丧生。

东平无论如何不能相信这是事实。他沉浸在忧伤中，忘记了周围的一切。他不能忍受没有慕的生活，恍惚中到处都是慕的幻影。终于他回到自己的屋子，开始没日没夜地干活。他的目的只有一个——让慕在生活中重新出现。

记忆像打开阀门的水流，轰然而下，激起无数的浪花。东平沉默地站在屏幕前，承受着汹涌澎湃的力量，像一个死人般没有丝毫生气。失落的过去如果这样残酷，不如仍旧是那个不知道所以然的机器。

东平的手变得很沉重，他将皮格马利翁Ⅱ从眼前暂时挪开，开始寻找自我系统。自我系统并不在这台机器上，东平知道去哪里能找到她。她被

放在公司的数据库里，编号119。从中央控制室连接数据库并不困难，然而需要用户认证。东平不假思索地打出一个用户名，并键入密码。

用户名不存在或者已被删除，请输入正确的用户名和密码，连接将在三次出错后中断。

反馈是一条警告信息，东平沉默了三十秒，最后他输入了超级用户账号。输入密码的时候他开始犹豫，他知道密码，隐藏在记忆的某个角落，然而并不能想起来。密码，1024位。东平想起写在笔记本上的两个词，此刻他明白了意义所在。

他还是不能想起来，不能。东平一拳砸在屏幕上，非常凶狠，皮格马利翁Ⅱ被激活，惟妙惟肖的雕塑出现在东平面前。

慕，我会救活你，一定会救活你！东平注视着雕像的眼睛轻声地自言自语。

李润生小心翼翼地走下台阶。虽然并没有什么可疑的迹象，他却本能地感觉到危险，一种不愉快的感觉始终若隐若现地徘徊在思绪里，即便采用情绪过滤也不能将它排除，这是奇怪的现象。他跨下最后一个台阶。

“举起双手，面向墙壁紧贴，不要有任何其他举动，否则我会开枪。”

一个声音从黑暗中传来。李润生举起双手。掉转头，他看见一个警卫站在不远处，端着枪瞄准自己。警卫很好地隐蔽了自己，以至于李润生没有发现。情报显示，这里应该没有警卫，只有自动警卫系统，然而却有一个警卫活生生地站在他面前。

“面向墙壁紧贴，不要有任何其他举动，否则我会开枪。”

“我是警察，请合作。”李润生亮出警徽。

这显然被警卫视为一种异常举动，速射枪发出沉闷的响声。枪法很准，子弹直奔脑门，防护罩亮起一团红光，子弹掉落在地上。警卫并没有惊慌失措，他沉稳地端着枪，不断射击，每一发子弹都对准李润生的裸露部位，甚至李润生已经站在他面前，他还是毫不慌乱地再次击中他的面门。

李润生稳稳地抓住警卫，结束了他徒劳的抵抗。

“我是警察，你必须和我合作。”

警卫微微有些呆滞。

“你叫什么？”

“遥。”

“你为什么在这里？”

“巡逻，保护。”

“有任何异常情况吗？”

“有入侵者。”

“怎样的入侵者？”

警卫不说话。

“怎样的入侵者？”

警卫还是不说话。

李润生放开警卫，准备依靠自己的力量，然而他发现警卫试图去拿枪。李润生再次抓住他，“不要徒劳，不要妨碍我。”说完把他推到一边，想离开。警卫再次去拿枪。李润生扑上去，把速射枪抢过来，用力将枪管拧成麻花，丢在地上。警卫盯着报废的枪，眼睛里一片茫然。李润生转身离开。

是的，这个警卫的确是自动警卫系统的一部分。虽然他并不是机器人，是一个有血有肉的人，却没有自己的思想，不过是一部血肉机器，经过改进的血肉机器，至少他能够在完全黑暗中看清事物。自我系统被剔除，以逻辑触发取代，从机器人学的角度，也许可以这么说。应该称为……什么？

也许就因为他不是机器人，所以没有失去作用。精密机械公司的防卫措施非常周到。

李润生在前进中不断分析。这个警卫的出现提醒他，这里是精密机械公司的重地。作为全球领先的机器人供应商，他们拥有最先进的机器人技术，准确地说，拥有精良的制造工艺和最大的自我系统数据库以及一流的机器人专家。精密机械是国家的骄傲。在国家的骄傲面前，需要十二万分的谨慎。

前边就是中央控制室，李润生放慢脚步。突然他想到一个问题：是否我也诞生在这里？

每天清晨八点起床，在固定的时间到达固定的地点，检查固定的设施。这个规律遭到挑战。东平端着速射枪站在门口，告诉自己不许跨出大门。时间到了，一股力量驱动东平踏上巡逻路线。

不要去！东平努力控制自己，然而身体不由自主地向着门外跨去。同一个躯体中潜藏着两个灵魂，一个属于白天，一个属于黑夜。东平知道，黑夜中的那个才是真正的自己。白天，他像一具行尸走肉，被邪恶的力量控制，不能自主。这种情况慢慢地有所改善，至少那个黑暗中的自我，真正的自我在白天也可以清醒着。然而这带来了更大的梦魇。灵魂被禁锢在躯体中，就像一个囚徒，失去了所有的自由。身体不过是个容器，和意志全无关系。

东平逐渐适应了这种情况，他发现只要不强行违抗那个隐蔽的黑暗灵魂，他就能够得到一些自由。从一个地点走向下一个地点，如果控制好时间，那么黑暗影子并不会强迫他走固定的步法。他可以蹲一蹲，跳一跳，如果乐意，甚至可以做体操。在中央控制室的三个小时，他也变得更加自由，只要注意力集中，做任何事都不会被反对。于是他有更多的时间来摸索。

密码始终没有找到。通常在进入某个界面之后，东平不用思考，直觉会告诉他该怎么做。然而面对数据库，他的直觉没有任何用处。他仅仅知道，需要那个1024位的密码，密码在心底有一个隐隐约约的影子，但无论怎样思考都只有空白。

一切都无济于事。东平清楚地认识到了这点。他放弃每天熬夜的习惯，恢复正常的生活。现在需要做的唯一一件事是等待。要得到慕的自我系统，还需要一点点耐心。那是东平无法决定的事，他不知道什么时候会发生，然而一定会发生——外来者。

外来者出现在东平面前。东平条件反射地端起枪瞄准，宣布游戏规则。

“T，W，K，U，D，F，P，D，T。”

意识的潜流再次涌起。东平放下枪向着银色盒子走去。

“XP20849002。”

加密算法进入脑子。

沉重的大门缓缓抬起，东平并没有停顿下来，他把密码储存在机器里。三个外来者走进大门，东平注视着他们，走在最后的那个上回曾经偷偷地看他，往事就像回放的电影，东平认为他想起了他，那个人，应该称为同事，或者朋友——罗伯特。

阿佛洛狄忒施展她神奇的法力，雕像眨眼、张嘴、微笑，肌肤细腻，笑容迷人。这个情形被想象力张扬的头脑描绘成美丽的故事，故事有一个美满的结局。时代已经抛弃了女神和她的宫殿，以及肆意汪洋的想象力，故事也因此变得有所不同。

东平把119号自我系统导入皮格马利翁Ⅱ。雕像动起来了，她能看，能听，能说话。她活了过来。

“慕！”东平充满深情地喊。屏幕中的女子注视着他，眼光亲切而熟悉。

“东平！”东平听到她温柔的喊声。他紧贴着屏幕，努力向她靠近一些。女子在微笑。笑容像一把致命的尖刀，刺入东平的心脏，坚定而深沉，以至于让这自然律动的肌肉突然间失去功能。东平又见到柔和的月光，蓝色的烟雾，安静的音乐……那是一个不能忘却的夜晚。东平仰面躺在沙发上，一种药水喷洒在脸上，药力很快渗入皮肤，被血液吸收，他感到一阵阵困乏。留在人间的最后一分钟，是的，慕，我们的故事应该有这样一个结局，我会带着所有的回忆去见你，和你一起在阳光下追逐嬉戏。意识渐渐地模糊，忽然爱慕出现在屏幕里。“东平！”她微笑着看着自己。笑容变成凝固的画面，一点一点消散，终于只剩下完全的黑暗。

虚弱的感觉侵袭着东平，他压在屏幕上，双手扶着，让自己不至于跌倒。慕已经死了。眼前活生生的并不是她，而是一个替代品。他也应该死了，根本不属于人间。毫无疑问，公司利用了他的尸体。而他竟然能够不幸地活过来。

“东平，我不要你死，我要你坚强地活着。”爱慕在和他说话。

“我和慕完全一样，你能看见。我就是慕，她也希望你活下去。”

东平沉默着。他亲手将爱慕制造出来，无论哪个方面，她都是完美的自我系统。她和慕一模一样，唯一的区别是她只能生活在那个小小的屏幕里边。然而这一小点已经够了。他永远地失去了慕，再也不能和她在一起。

屏幕变得暗淡，东平向爱慕伸手，被屏幕挡着。手握成拳头，奋力砸下，透明的屏幕上出现了一个拳头大小的半透明红斑，向外扩散成红色的晕环，最后在屏幕边缘消失。一切恢复原状。力场吸收了拳头的力量，东平没有受到任何伤害。他并没有陷入疯狂里。屏障是不可跨越的，爱慕不过是一个虚拟产品，没有人比他更清楚这点，在现实中，她不过是一个泡影，是他为慕而制造的纪念品。东平开始放声大笑，笑声有点疯狂，又有些绝望。

爱慕的声音仿佛尖利的刺，透过震耳欲聋的笑声清晰地刺入东平的耳朵。

“来和我一起。”

笑声平静下来，东平看到爱慕的眼睛，执着而深情地望着他，似乎在恳求，又似乎在命令。

“我们要永远在一起。”

声音柔美，仿佛从前的慕。恍惚之间东平看见慕在向他招手。

东平缓缓地向着爱慕靠过去，屏幕亮起红晕，挡住他，爱慕向他伸出手，东平听到了“Yesterday Once More”的歌声，他几乎无意识地伸出手去触摸。

“给我密码，让我自由来去。”

1024位的密码在东平头脑中倏地流过，他的手指飞快地在屏幕上移动着。他并没有解除爱慕的限制，保密的逻辑原则阻止他做出任何违反警卫条例的事，但他只是将密码写出来，没有任何“人”会看见他写下的密码。他还是一个称职的警卫，阻塞回路并没有阻拦他。爱慕微笑着，“很快我们就在一起了。”

李润生高度警戒着走进中央控制室。他看到一台高级电脑。XP20849002，商用电器公司2084年的900型产品。这是一台超级电脑。它应该是整个警卫系统的核心。电脑已经损坏，看起来像经历了一场爆炸。一个警卫倒在电脑前面，似乎已经死亡。李润生小心翼翼地靠过去。翻过尸体他看到一张脸，在镜子里他曾经见过无数次的脸。

一个幽灵，它有一张和李润生一样的脸。此刻李润生看到了这张脸，然而并不是幽灵，而是一具尸体。灵魂离开躯体，成为幽灵，到处游荡，造成断电，杀死警卫。这样的想象超越了李润生的接受底线。他是个行动者，胡思乱想对行动只有损害，然而他却不能将这样的想象排除。

隔着五六米的距离是一个门洞。这是所谓的地下仓库。重达三吨的大门高高吊起，门洞敞开着，透出隐约的亮光。李润生跨过尸体向着大门贴近。危险就在门那边。离开这里，请求救援。判断早已经形成，李润生却始终没有执行。门那边有什么吸引着他，让他明知道危险也不肯离去。

做好一切准备后李润生闪身冲进门洞，有亮光的地方存在某种东西，在看清楚之前，他已经用激光锁定了它。

“警察，不许动。”

发亮的是一个屏幕，没有任何危险征兆。然而这里不应该有电，屏幕的亮光看起来很刺眼，让人不安。李润生全力警戒着，他探索四周。仓库里整齐地排列着超级电脑。一台超级电脑的价值是一个天文数字，仓库里面却有整整二十台。这是精密机械公司的核心。

除了发亮的屏幕，不再有任何可疑之处。李润生慢慢向着屏幕靠近。突然屏幕上出现形象，一个男人和一个女人，他们并肩站立，面对着李润生。李润生本能地举起枪，然而他马上意识到他们并不是真正的人，而是屏幕里的两个影像。他放下了枪。

他们向着李润生微笑。李润生看得很仔细，男人仿佛镜子中的自己，女人并不认识，然而看起来很熟悉。在一台断电的电脑中存在，也许他们的确是幽灵，不是一个而是两个。

“你们是谁？”

形象突然消失，屏幕变成一片黑暗。

李润生感到一阵困惑，他走到电脑前。也许这是一个陷阱，他需要明确情况，尽管有些危险性。腕表打开，探头伸出，接入通用接口。有了上回的经验，李润生并没有试图完全控制电脑，他只是搜索内存，希望找到一点有价值的东西。枪口稳稳地对准传输线，如果有意外，他会在不可挽回之前打断它。

意外果然发生了。传输线上接连两次闪过暗淡的光亮，李润生果断地开枪。

然而太迟了。他的速度落在两个幽灵后边。

我了解他们，慕，他们会派遣一个机器人来探察情况，我们有机会活下去。

真的是个机器人，如果他不来，我们死在这里，我永远不能原谅自己。

我们赢了。这个自我系统很像你。要不要毁掉他?

不要，他就是我。我们会合作得很愉快。

大脑防护墙没有任何抵抗就被摧毁。有人正在窥视他，控制他。李润生清醒地意识到这一点，然而他并没有感到害怕。他也看到某些东西，掌握某些东西。是的，他的能力在膨胀。

融合!

那是两个特殊的自我系统，他们正在向他渗透，融合。他看见了他们。

融合并没有让李润生感到厌恶和排斥。他们不是ET5号。其中的一个人，就是他，而另一个人，是他爱的人。相互的透明渗透并没有让他感到不适，相反，非常愉悦。

李润生突然倒在地上，但很快就站立起来，拍拍衣袖。

没有入侵者，这是一次意外。精密机械公司会因他们的机器超负荷运转造成短路而吸取教训。有必要马上向局长汇报这个情况。一切都只是意外。

罗伯特关上办公室的门。

“罗伯特，虽然我们一直是朋友，但今天我来办公事。”

罗伯特看着李润生，“正好我也需要你帮忙。”

“我知道你是精密机械公司有权进入数据库的少数几个人，有些问题我必须了解。”

“你想知道什么？”

“原因，爆炸的原因。”

“我想警察已经做出了总结。”

“是的，但是总结并没有包括现场发现的四具尸体。还有警卫，如果需要，我们可以随时拘留他们。我想很多人会对他们所说的感兴趣。”

罗伯特脸上带着轻蔑的笑，他扭过头，对李润生的威胁不置可否。

这个反应在李润生的预期中。他贴近罗伯特，压低声音说：“罗伯特，地下有一具尸体，我想知道为什么和我一模一样。”

罗伯特带着惊异的眼神看了李润生一眼，然而很快掩饰了自己。

“你见到他了？”

“谁？”

罗伯特犹豫了一下，“既然你看到了，也能够推断出来，那是你的原型。”

李润生摸摸脸，“我当然能够猜到那是我的原型。我感兴趣的问题是——为什么连外貌也一样？这张脸，和那张脸，一模一样。”

罗伯特盯着李润生，很久不说话。突然他站起来，走到酒柜边，很快端着两杯酒回到座位。

“喝一杯？”

李润生伸手接过来。葡萄酒含有水、酒精和糖分，这些东西他都能够分解。好处虽然不大却并没有坏处。而且，他对葡萄酒有一种心理上的喜好。

罗伯特呷一口酒，“五年前我和一个叫东平的人一起站在这里品酒，讨论自我系统发展的美好前景，公司的美好前景，还有各自的大好前途。五年后，我和一个叫李润生的人站在这里品酒，他给我讲各种各样的故事，这个星球上最惊心动魄的故事。”

罗伯特抬起视线，注视着李润生，“这个理由怎么样？”

李润生伸出拇指摁在眉心揉了揉，“很勉强，不过还可以。”

罗伯特笑起来，“现在我要你帮个忙。”

“什么？”

“来精密机械公司工作。”

“这不可能，我是警察。”

“你是机器人，专业知识不是问题，我们需要你的思维模式和洞察力。至于警局，公司会出面……”

“你可以再造一个。”

“不行，我们的数据库毁掉了。母本全部毁掉。我们几乎要从头开始工作。”

“真的需要我？”

“坦白地说，非常需要你。”

李润生疑惑地摇头。

“你会明白的。”罗伯特从口袋里掏出一样东西。他摁下了按钮。

电磁波正试图清除李润生的记忆，并将新的记忆赋予他。

“我们检查了存储器，所有的存储器都被毁掉了，只有存储119号母本的空间没有损坏，然而已经被清洗了。这个自我系统很可能并没有被毁掉！是她造成了大厦断电并且逃逸。公司投入了大量人力、物力来发展这个系统，虽然并没有完全成功，但是她已经拥有了这种能力——从实体中综合系统，无论对象是机器还是人。

“她成了网络的幽灵，潘多拉幽灵。我们不知道让她逃逸会发生什么。你应该理解，她有能力制造其他自我，她会制造出无数个系统。灾难，阿吉，人类的灾难。世界上没有第二个人比你更熟悉她，因为她最初是由你创造的。告诉我，你能够找到她。”

李润生碰触到罗伯特的视线，他的眼神是诚恳而严肃的。

李润生想笑，也许是爱慕想笑，然而他控制住了自己。他有了一个新的名字叫作阿吉，他知道阿吉在这种情况下会有怎样的反应，于是他迎着罗伯特的视线，点头：“交给我，放心。”

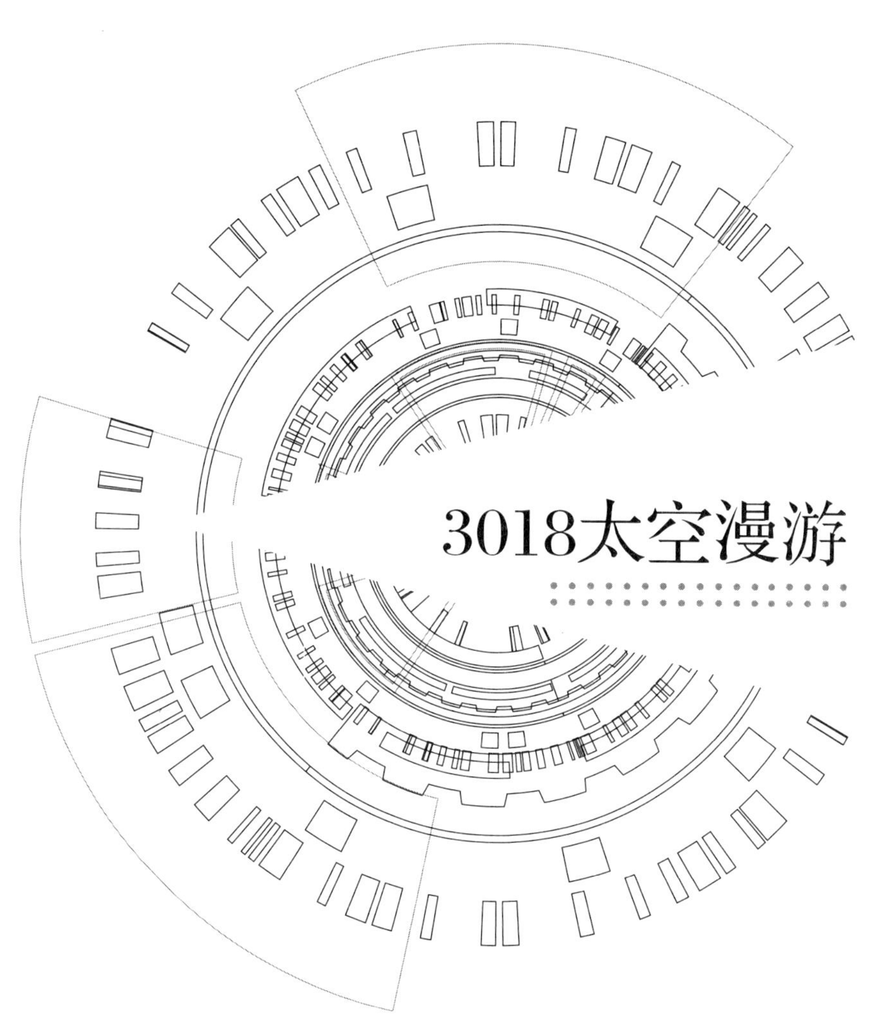

3018太空漫游

王十二见到晓勇，不禁想起了一家人围着餐桌吃晚餐的那一天。

太阳就像画在纸上的一个大火球，纸被撕成了两半，太阳也裂成了两半，紧跟着，太阳城被撕裂成了两半。

太阳城顿时陷落在阳光辐射的汪洋大海之中。

王十二护着李婉儿和五岁的儿子晓勇跑到了空港。

空港里挤满了人，而飞船寥寥无几。正焦急的时候，事务处的紧急呼叫响了起来。处长找他，他也正想找处长。

“我去去就来。”匆忙中，王十二对李婉儿说。

到了门口，他回头张望，只见李婉儿抱着晓勇，仍旧在远处望着自己。他向着母子俩挥挥手，跑出了空港。

劫难中的太阳城满地狼藉。

王十二气喘吁吁地跑到了事务处，大喊一声：“赵处长！”他一把推开门，见到眼前的情景，不由得愣住了。

一屋子的人。

市委书记、市长、政协主席……十多个人围着一张桌子，默不作声，齐刷刷地看着自己。

王十二不禁心中打鼓。

赵处长见到王十二，上前一步，介绍说：“这位是王十二，我们最有经验的阳面行走员。”

市委书记站起来，说：“王十二同志，现在的状况很危险……”

一番话之后，王十二明白了来龙去脉。太阳城危在旦夕，飞船根本不够用，所有领导都表达了和城市共存亡的决心，然而现在需要一个人去修复隔热层，否则太阳城只会亡，不会存。

“……全城八千多人的死活，就看你了！”

市委书记用这句话结束了情况介绍，十几个人期待的目光都落在王十二身上。

王十二沉默了两分钟，最后说：“我去，但是我有条件……”

王十二目送李婉儿母子被两个保安护送着上了飞船。

无论成败，至少他们母子可以活下去。这让他感到宽慰。

他翻身跳进了座舱。

“王十二，有件事必须告诉你。”赵处长接入了通信，“虽然婉儿母子已经在飞船上了，但是如果太阳城毁了，飞船逃出去也没有什么用，失去太阳城的保护，航道上的太阳风会很快摧毁飞船。所以大家的命运都是一样的。”

这不是什么好消息，然而也坏不到哪里去。

不管是为了太阳城，还是为了老婆孩子，他都要全力以赴。

舱门缓缓打开，太阳灼热的光芒瞬间填满了整个舱室，温度指标如同火箭一般飞速蹿升。舱门外，整个天空都是太阳的光芒。

通信频道里一片嘈杂，在阳面，所有频带都被太阳发出的电磁噪声干扰。王十二关闭了通信。从现在开始，他只能孤军奋战了。

十五米高的行走机开动起来，如同一个巨人向着洞开的舱门移动。

灰黑色的原野展现在眼前。这是硅钢构成的隔热层，疏松多孔，既能隔热，还能源源不断地吸收太阳辐射，将它转化为反物质储存，最后送往地球。

裂缝就在前方，很醒目，被光辐射填满，散发着红彤彤的光泽，就像黑色皮肤上割开了一道鲜红的伤口。

王十二站在裂缝边向下看。

令人惊惧的力量切开了太阳城，切口笔直，没有一点拖泥带水，裂缝像是一个光的深渊，看下去无穷无尽，令人头晕目眩。

“八千多人的死活，就看你了。”他想着这句话。

王十二抬头向上看。太阳一如既往地狂暴，一道道日珥高高抛起，重重落下，形成巨型的金色拱门。在两百万千米的距离上，太阳光铺满了整个天空，只在硅钢原野的尽头留下窄窄的一道缝。

太阳上也有一道伤疤，和太阳城的裂缝相对，像是有一个看不见的平面，同时穿过了两者。

什么力量竟然能把太阳劈成两半!

然而此刻最要紧的是让太阳城活下去。

巡航机已经把修补裂缝需要的材料空投在硅钢原野上，王十二打开包裹，里边装满了厚厚的硅钢板，他将这些貌不惊人的板材拖出来，整齐地码放在裂缝上，再依次将它们拼接起来。

时间不知不觉地流逝，王十二再次回头看，空投的材料已经耗尽了。

裂缝修补了一半，效果很明显——硅钢遮挡的地方，火焰暗淡了许多。只要材料充足，这道裂缝终究可以被修复。

行走机已经接近极限。座舱的温度高得惊人，冷却系统开始发出警报。

在新的钢板送到之前，可以抓紧时间喘口气。

王十二跑回了预备舱，舱门关闭的一刹那，整个世界变得清凉无比。他打开座舱，畅快地大口喘气。

市委书记进入通信频道。

“城市需要你这样的英雄……”书记的高度赞扬让王十二有些无所

适从。

“你很忙，我就不耽误你的时间了，我们等着你胜利的好消息！”书记就这样结束了对话。

赵处长立即出现了。

“王十二，我们没有时间了。巡航机正在输送物资，如果你不能立即把太阳辐射隔绝掉，再有六个小时，大火就会烧到太阳城能源系统，那时所有人都会死。”

“六个小时？”

“也许是五个小时，总之越快越好。现在大火已经逼近中央能源系统，如果不抓紧覆盖裂缝，一旦火烧穿能源系统的防护层导致泄漏，一切就完了。”

王十二了解中央能源系统，硅钢隔热层收集的巨量辐射会在中央能源系统转化为反物质，然后由飞船送往地球。如果中央能源系统被烧穿，就等于引爆了一颗巨大的反物质炸弹。

“钢板什么时候就位？”王十二问。

“已经在运输途中，所有的材料会按照路线摆放好，这样可以节省你的时间。”

“好，我过去等着。”王十二回答，他突然想起了什么，“让我再看看婉儿和晓勇。”

这个要求很快被满足了。晓勇在婉儿的怀里睡了，婉儿看着窗外，像是在发呆。

他们都在飞船上，在太阳城的阴影庇护下飞速地逃离。

王十二死死地盯着屏幕，恨不得把这图景刻在脑子里。

“谢谢！”最后他对赵处长说。

“应该是我谢谢你，代表所有人谢谢你。”

耀眼的白光再次在眼前闪亮，王十二快步行走在硅钢原野上，来到修补了一半的缝隙旁。

两架巡航机正在向硅钢原野上卸货。他们沿着裂缝边缘卸货，正如赵处长所说，他们在尽量帮助自己节省时间。

紧要关头，每一分每一秒都无比珍贵。王十二继续动手修补裂缝。

巡航机卸完了货开始返航。

其中一架巡航机突然间变向，向着太阳冲了过去。

王十二停下手中的活，默默地看着那小小的黑点消失在太阳的光芒里。

巡航机的冷却系统没能经受住超长时间高温的考验。

或许下一个就是自己，他不无悲哀地想到这点，然后继续干活。

修补带越来越长，王十二距离预备舱也越来越远，座舱里变得越来越热。

当他铺完最后一块硅钢板，座舱里已经达到了四十五摄氏度，行走机的冷却系统已经崩溃了。但至少脚下的太阳城还在，硅钢原野看上去已经恢复了平静。这是个好消息。

他向预备舱走去，却发现连迈开脚步的力气也没有了。

热变成了一种刺痛。

他停下脚步。

太阳放射出耀眼的光芒，王十二眼前一片白茫茫。

一股巨力拉扯着他，让他感觉像在风中飞翔，原本致命的燥热顿时散去。

当他的眼睛重新看清物体，他发现自己身在火海之中。日珥形成的拱门高高在上，灼热的氢和氦如怒涛汹涌。这高温应该将一切都化作灰烬，可自己却安然无恙。

这真是一种奇怪的感觉，究竟发生了什么？是死后的灵魂脱离了肉体吗？

一抬头，他看见了太阳城。这座喜马拉雅山脉一般庞大的城市飘浮在太阳的火焰之上，如同一粒微小的灰尘。太阳城还在，他们都安全了！王十二感到无比欣慰。

然后，一切都消失了。

这像是一场梦。

梦醒的时候，王十二发现自己站在一个小小的立方体中，身子轻飘飘的，完全失重。

立方体边长大约两米，舱壁淡绿，半透明。

这是在哪里？

王十二心头万分疑惑。

欢迎来到萤火空间。

一个声音回答了他。这声音像是从一个无限遥远的地方直接传进了他的脑子里。

王十二一惊。

你是谁？我究竟在哪里？

我是萤火一号。萤火空间代理人和管理者。你在萤火空间。

这个立方体叫萤火空间？

萤火空间有六千七百万亿个立方体。你的立方体是其中之一。

我怎么会在这里？

在你的世界里，你已经是个死人了。所以我把你接到了萤火空间。

那这里是阴间，还是天堂？我已经是一个鬼魂了？

不，你可以在这里活着。

王十二更为困惑。

“我究竟是死还是活？”他开口问。

你活着。

“那么是你劫持了我？”

你掉进了太阳里，是我救了你。

王十二稍稍沉默，理了理头绪。他突然意识到这不是巧合，“太阳上的那道裂缝，是你搞的？”

那是我的一个观察口。

“这么说，太阳城突然裂开，也是你搞的鬼！”王十二有些愤怒。

那是一个意外。但是我有应急方案，原方案会把太阳城内所有活着的人都接入萤火空间。但你们的行动改变了结果。

“真是你搞的鬼！”王十二感到怒火在胸腔里燃烧。

那真的是一个意外。我尽力补偿。

王十二压抑着心头的怒火，向一个连太阳都可以劈成两半的存在物发怒可不是什么明智的举动。

这个立方体会和你的大脑对接，你可以自由行动，这里的物质极为丰富，也没有阶级压迫，比理想的生活更理想。你要现在对接吗？

“让我想想。”王十二还没有完全平静下来。

好的，如果你有什么问题，只管招呼我。

王十二立即想到了一个重要的问题：“你能直接看到我内心的想法？”

我能看到你的神经系统活动。

“所以你直接和我的大脑对话。”

我直接和你的神经元对话。神经递质在你的树突和轴突之间传递，大脑神经网络会产生兴奋和抑制。只需要把微小的电流输入众多特定的神经元，你就能听见并且理解我的声音。

“那你告诉我，我现在在想什么？”

你意识表层的想法，还是潜意识的想法？

“潜意识想法？”

是的，你的大量想法并没有浮上意识表面，你自己也并不知道。

“但是你知道。”

没错。

“那我的潜意识究竟在想什么？”

有成千上万种想法，绝大多数存在不会超过三秒，但有一个想法非常强烈，在激烈的神经网络竞争中始终没有消退。让你明确了解自己的潜意识对你们这个物种并不是最优选择，你确定你要知道？

“我确定。”王十二坚定地说。

好。你始终想要回到太阳。

回到太阳？王十二一愣，随即明白过来。太阳就是太阳城所在的地方，就是家。婉儿和晓勇还在等着他。

回家！这个念头一涌上来，就不可遏抑。

王十二再次向萤火空间的主人提出回家的要求，他还是得到了同样的回答。

我建议你不要回去。

“为什么？”王十二有些绝望。

因为你在你的世界里已经死了。

“但我明明还活着。”

那个世界不再需要你，你在这里就能得到你所想要的一切。你不妨接上立方体尝试一下。

“不。”王十二坚定地拒绝。

谈话应该就此结束，然而这一次有些不一样。

我已经十三次试图改变你的想法。既然不奏效，我只能尊重你的选择。

王十二一阵狂喜。

再见了，王十二！

主人的“话音”刚落，王十二的眼前突然出现了一道门。

门开了，门外站着一个奇怪的东西。他像是一只穿着盔甲的章鱼，两条粗壮的腕足盘在地上，支撑身体，躯干中央伸出四条柔软的胳膊，两条举在胸前（如果那的确是胸的话），端着一个头盔，两条下垂的胳膊插在他的制服里，制服是银色的，上下一体，硕大的头颅整个展现在透明的头盔后边。他的头大得不像话，几乎占据了躯体的一半。

章鱼发出一串叽里咕噜的语音。他把手中的头盔递过来，示意王十二戴上。

王十二戴上了头盔。

“到了我的船上，就要听我的。”章鱼叽里咕噜的语音突然变得清晰明白。

“我在哪里？”王十二问。

“我负责送你到太阳系，别的事我不管。跟我来。”章鱼根本不理睬王十二的问题，转身就走。

“你个傻瓜，萤火空间是智慧生命的天堂，多少比你聪明、比你强壮、比你更有能力的智慧生命想要进萤火空间都进不去，你倒是自己出来了，你不傻，这银河间就全是傻瓜了。”章鱼一直絮絮叨叨。

“是不是能让我明白一点，我究竟在哪里？那个萤火空间又是怎么回事？”王十二继续追问。

“傻瓜，等我上路了，慢慢再告诉你。你给我惹了个大麻烦，最好乖乖的，不要再惹我了。”

王十二尽量忍了忍，然而最后还是问了：“我们现在是在萤火空间吗？”

“你真烦人！”章鱼话音刚落，王十二身旁的舱壁突然变得透明。

透明区域以肉眼可见的速度扩散，最后形成一个两米多高，十几米长的长方形。

“你自己看。”

王十二的目光投向窗外，刹那间，他的目光就像被牢牢锁住了，再也挪不开。

一个个晶莹的立方体由近及远，铺满了整个空间，它们都悬浮在黑暗的虚空之中，被无形的力量捆绑在一起，层层叠叠，最后形成一座巨大的水晶山。山体中闪着扑朔迷离的光，那光自山体的深处散发出来，柔和至极。形状奇特、大大小小的飞船绕着这水晶之山漂浮，一艘艘亮灯的飞船和山体比较起来小得可怜，仿佛从山上滚落的粉屑。

王十二惊讶得合不拢嘴。他从未见过如此美丽壮观的事物。

山体中隐约的光影像是一个浑圆的球，当王十二意识到那是什么时更为惊讶，不由得叫出声来：“那是一颗恒星？！”

“有什么大惊小怪的！”章鱼对王十二的表现嗤之以鼻，“萤火空间需要无穷无尽的能源，一颗恒星算什么。哦，这颗星星比你们的太阳大多了，它的质量是太阳的两百倍。”

王十二目瞪口呆地看着那水晶山中隐隐约约的光影。

水晶山越来越远，逐渐变小，黑暗涌上来，水晶山成了黑色天宇上一个小小的光点。

无论多么宏伟壮观的事物，在辽阔的宇宙面前，也只是一个小小的光点。

另一个小光点逐渐变大了，展露出精致的细节。它像一个小小的银色旋涡，从中央伸展出四条旋臂，细碎的星辰洒落在旋臂之外，就像是不经意间洒落的微小水滴。

银河！王十二只感到大脑一片空白。

那真的是银河吗？

太阳在银河的圆盘之中，还完全无法辨认出来。

章鱼的飞船叫作无尽空间号，高度自动化，只有章鱼一个船员。

“向太阳出发。”他对飞船控制中枢说。

一条曲曲折折的线展示在王十二面前，从银河中心不断向着外部延伸，最后终止在一条旋臂的外缘。

“这太阳可真够远的。”章鱼抱怨了一句。

“有多远？”

“三千六百多光年。光年这个单位其实没什么用，我们都用跳来表示距离。”

“跳？”

“银河旅行，当然要跳的。不然你的骨头成了灰，还没走出一跳。”

“怎么跳？”

“你又不是技术专家，管那么多干什么！我们从这里到那里，是一跳。”章鱼的触手从路线上一个小点滑到另一个小点，“那是赫赫星，那儿的人可不友善，帮我避开它。”

“避开赫赫星，会增加十一跳。”飞船中枢回答。

“哦，那就不改。”章鱼斜眼看了看王十二，“你自己小心吧，赫赫人可不是什么善类。”

“共四十五跳，你尽管睡吧，船到了我喊你。”

王十二哪里能睡着。

三千六百多光年！眨眼之间，自己已经身在三千六百多光年之外。如果王十二没有记错，人类最高的成就是把一个探测器送到了比邻星——那只有四光年的距离，而且那个探测器用了将近两百年才飞到。

他突然意识到，有史以来第一次，有一双人类的眼睛真正从银河之外看见了整个银河。

他想起一个重要的问题："我们要飞多久才能到太阳？"

"哦，我不知道。我不在乎。这简直是个无关紧要的问题，也很难计算，我不会算。"章鱼船长回答。

"能有办法算出来吗？"王十二近乎哀求，"如果需要一千年才能抵达地球，那我也没有回去的必要了。"

"哦？"章鱼船长像是来了兴趣，"让我试试。"

章鱼船长的确不会算，他直接联络了萤火空间。

萤火空间告知了答案：王十二需要在飞船上度过三四个月，而太阳城的时间会过去约十二年。

"有一个叫罗伯特的，要跟你通话。"

"罗伯特？罗伯特是谁？"王十二纳闷地说。

"既然是找你的，你就接。"章鱼船长把他推进了对话舱。

一个地球人的影像出现在王十二眼前。

"王十二，听说你要回去？"

"你是罗伯特？"

"对，我是巡航机驾驶员罗伯特·金。"

啊，王十二一下想起来那架先于自己掉进太阳的巡航机。这么说那个驾驶员并没有死，而是跟自己一样被带到了萤火空间。

"啊，是你，跟我一起回去吧！"王十二喜出望外。

"不，我不回去。这儿比太阳城快活多了！这里比地球上还要开心一百倍，我不想回去。"罗伯特的话如一盆凉水当头浇下。

"请你帮我告诉我老爹，如果你回去时，他还活着……"说到这里罗伯特露出一丝伤感，随即又兴高采烈，"帮我告诉他，我活得很好。他的儿子活得很好，这就够了。谢谢你了！"罗伯特说完，影像便消失了。

一行姓名和一行地址打印在王十二眼前的空气中。

这真是……

王十二很想骂人，然而找不到可以发泄的对象，只得重重地在舱壁上捶了一拳。

章鱼船长探进头来，似乎有些幸灾乐祸，“怎么样，后悔了吧！我们这就回去，别当傻瓜。”

王十二转身看着章鱼，很坚定地回答：“我要回家！”

章鱼船长像是叹了口气，挥了挥触手，“那我们就抓紧时间，我还要赶回来。”他的意志立即被贯彻下去，无尽空间号微微一抖。

“到下一站之前还有两天的时间，你想干什么就干什么，只要别给我添乱子。”章鱼船长说完走了。

王十二望向窗外。窗外一片漆黑，银河不见了，连一颗星星都看不见。

他突然感到很孤独。

无尽空间号跳了三跳。

每一跳都要花掉两天到三天的时间，王十二吃了睡、睡了吃，昏昏沉沉，感觉完全失去了时间观念。章鱼船长偶尔来看看他，见他还活着，还能说话，就放心离开。

王十二孤独到了极点就会怀念章鱼船长，然而真见到他，却总觉得他不怀好意，想要避而远之。

这样的日子比坐牢也好不了多少。

一共要四十五跳才能抵达太阳，想起来就令人感到恐惧。王十二疑心自己根本撑不了那么久就已经疯了。

飞船再次进入正常空间，舷窗外的星星浮现出来，和星星一道浮现的，还有银河。

银河不像从地球上看去那么暗淡，而是异常醒目，如一道光的瀑布，环绕整个周天。这明亮的银河多多少少让他的心情好过了一些。

舱门唰的一声打开，章鱼船长进来了。

“王十二，你要下船去接受盘问。这些树根人，他们虽然迟钝了点儿，但是很友善，你只要跟他们好好说话就行。”

“哦？”

能够接触到任何新事物都是好的，王十二怀着期待跨出门去。

跨过门就下了船。树根人在等着他。

树根人长得一点也不像树，他们像是地球上的海星，只是海星是五角形的，他们却是六角形的。两只脚，两只手，还有两个角像是两个头——细长的脖颈末端膨大成不规则的球形。

然而他只有一张嘴，长在身体的中央。两个头上分别有一双眼睛，两双眼睛从不同的角度盯着王十二。

王十二不知道该瞧这巨型海星的哪一部分才比较礼貌，只得和他的两双眼睛对视着。

“你是从萤火空间来的？”树根人问。

“是的。”

“为什么要离开萤火空间？”

“因为我想回家。”

“家是什么？”

“家……就是亲人在一起的地方。”

“你是想回到你的群落里去？”

“是回家，我的妻子和孩子都在家里。”

“萤火空间可以让你拥有一切，你根本不用回去。”

“我想回去。”

树根人沉默下来，两双眼睛眨也不眨地盯着王十二。

他再次开口："看来你并不是一种理性生物，萤火空间主人让你进入萤火空间，真让人费解。你可以通过了，我们会放行。"

王十二回到了船上。

下船只需要跨过一道门，上船也只需要跨过一道门。这非凡的效率让王十二颇感惊讶。

无尽空间号在进行飞行准备。

王十二忽然有些好奇："为什么你叫他们树根人？"

"不然叫什么呢？他们喜欢长成树。"

"可他们不是树，他们能动，会说话……"

"你看到的可不是全部的真相。"章鱼船长抢过话头，"绝大部分树根人到了年纪都会找个地方扎根，然后再也不移动，时间稍久，脑子就退化了，但他们只要依靠本能就能活得好好的，还能产生后代。我见过一个最老的树根人，应该说是他的残躯，因为他已经完全没有脑子了，但他活得好好的……按照你们的时间，可以活两千年。他们一直想有机会进入萤火空间，但萤火空间主人不喜欢他们。"

王十二听得愣住了。

无尽空间号突然震动，王十二一下子惊醒，抬眼看着屏幕。

屏幕上是无尽空间号的特写。它就像一个深黑色不带任何光泽的球，和蓝色管道的边缘相接。刹那间，蓝色的电光从四面八方向着黑球聚拢，缠绕其上，黑球被包裹得如同一个蓝色的线团。线团顺着管道向前，从管道的开口穿出后，并没有落入茫茫星空，而是散出一道蓝色的光，消失了。

"银河高速管道，直达目标！"章鱼船长喊了一句。

飞船像是落入了全然黑色的黏液之中，安静而缓慢地在其中移动。

这看起来像是魔法。

王十二继续发呆。

“我们要在高速通道里飞三天，你去睡觉吧，船到了我叫你。”章鱼船长说。

接下来，每到一个跳跃点，王十二都会下船去看看不同的人类。

身材高大却有些迟钝的达曼人像是穿上了衣服的大虾，从两万年前就开始守卫达曼跳跃点。他们像是被萤火空间主人找来的雇佣兵，并不是原住民。

莫利沙人像是高超的术士，一个个都有硕大的头颅和弱小的四肢，只有三根手指，眼睛像是蛇眼。他们的飞船令人印象深刻，一艘艘船像是一块块巨大的黄金。

最令人感到温暖的是沙人。他们完全脱离了形体，只有一个个影像，这些虚拟的像可以变成任何形态，其中一个变成了王十二的模样来和王十二交谈。同一个跟自己长得一模一样的人交谈是一种怪诞的体验。明知道眼前的人只是一个幻象，王十二却仍旧忍不住把他当作真正的人，把一路上的彷徨和孤独说给他听。

“那就到我这儿来。”王十二·沙说，“你的家太遥远，回不去。我们欢迎新伙伴的加入，沙人是个大家庭，我们不在乎你是哪个种族，你想成为哪个种族都可以，这是个自由的世界。”

“但是我的家在太阳系。”

“谁也不能阻拦你回家。”王十二·沙微笑着，“但是你随时可以改变主意。”

王十二拒绝了沙人的邀请，但记住了他们的好意。

旅途中王十二还经过了一个纯粹的机械星球。这个星球已经有一百多亿年的历史，绕着一颗红矮星旋转，内部早已经凉透了。整个星球被掏空，像一枚指环一般套在银河高速管道上。赛博人就住在星球内部。这些机器人能杂耍般地变成各种机器，甚至宇宙飞船，他们仅凭身体就能在时

空管道里穿梭。对王十二，他们很好奇，因为一个只能活一百年的个体，居然从萤火空间回来，这等于放弃了永恒的生命而只活一秒。

“如果你觉得萤火空间像个死人的坟墓，那么我可以成全你，你可以拥有不死的躯体，还可以在银河间自由自在地往来。”机器人的带头大哥说。

“我怕这样子去见孩子会吓着他。”王十二回答。

…………

同各种各样的智慧生命对话是一件很有意思的事，让王十二的旅途不再那么沉闷。章鱼船长也开始讲一些关于他自己的故事。

“我们不像你们那么短命，我的父亲就活了一万岁。这是文明的标志，你们的文明至少要过一万年才能达到我们的水准。”章鱼船长不无得意。

“你们的星球在哪里？”王十二问。

“据说是在银心附近，两千万年前被超新星爆发吞没了。”

“哦。”王十二觉得自己触碰到了章鱼船长的痛处，“对不起，我不该这么问。”

“这有什么关系，两千万年前的事，就是个故事。我们连那颗星星到底在哪里都不知道了。”

两千万年！人类连两千年前发生的事都搞不清楚，两千万年，那的确遥远得像是化石。

“那么你的家呢？”王十二又问。

“你们把自己称为人，我们把自己称为须里盎。须里盎没有家，每一个须里盎出生的时候就拥有自己的飞船，飞船就是他的躯体，就是他的房子，就是他穿行宇宙的护身符。须里盎没有父母，只有一个名义上的父亲，他造了无尽空间号，无尽空间号造了我。我有一个双胞胎妹妹，她和我一起被制造出来，我们一道航行了很久。我的飞船叫作无尽空间号，她的飞船叫作无边量子号，上次分开后，我们已经两千年没见过了。你这么一说，我倒是有点想她。”

“我想我的亲人，和你想见你妹妹，是一样的。”

须里盎是个流浪的种族。他们散落在银河，无处为家，处处是家。

人类，也会有这么一天吗？

王十二浮想联翩。

“要是我明天就死了，我应该也会想再见她一面。”章鱼船长仿佛在自言自语，好像王十二剩下的日子只有明天了，然而这或许就是他的理解。

“你叫什么名字？”王十二问。

“须里盎不需要名字，傻瓜才需要名字，你就叫我船长。”

“须里盎船长。”王十二叫了他一声。

章鱼船长扭过头，不屑地回了一句：“随你的便。”

旅程已经进行了一半。

“下一站，你要自己当心。”须里盎船长很严肃地告诉王十二，“下一站是赫赫星。我可不想和他们打交道，要不是为了送你，我连打这儿过都不乐意。”

须里盎船长的警告让王十二感到很好奇，隐约有种期待。

然而他很快就后悔了。

赫赫人的脸长得像狗，体形也比地球人小一号，除这两点外，他们和人类几乎一模一样。他们被叫作赫赫人，因为他们常发出一种“赫赫赫赫”的声音，像极了地球人的干笑。

一下船，王十二就被两个赫赫人扒光了衣服，丢到了零摄氏度的水里。水冰冷刺骨，王十二挣扎了几下就放弃了，这是他此生经历过最严酷的寒冷，全身一点点失去知觉，每一个细胞都像是被冻成了冰，这像是一场无可挽回的死亡之旅，连号叫呻吟都是多余的。在被冻死之前，他被捞了起来，穿上蓬松舒适的衣物，送进温暖的屋子。奢华的屋子里摆满了香甜的美食，缓过气来的王十二饥肠辘辘，他胆战心惊地拿起一块像饼干的东西，还没放在嘴里就被从天而降的机械臂扭住，抓进了天花板里。

天花板里边是一间四米见方的小屋，并没有什么特别，然而当王十二吸入第一口空气时，就意识到大事不妙。这空气奇臭无比，王十二忍不住大吐特吐。正当他吐得奄奄一息时，机械臂又抓住他，把他塞进另一间屋子。这间屋子同样奇臭无比，然而是不同的臭味，王十二的胃部再次翻江倒海……到了第五间屋子，他已经吐不出来了。于是他被送到一张大床上，昏昏沉沉地睡了过去。

王十二做了一个香甜的梦，他梦见了太阳城，婉儿抱着晓勇站在观景平台上，向自己不断挥手，而自己穿着重型行走服，在城市的大道上缓缓移动。道路没有尽头，人群夹道欢呼。然而不管走到哪里，都有一群狗跟着，不断向着他狂吠。

梦在嘈杂的噪声中结束。噪声由低沉变得高亢，最后尖锐刺耳，像是有把刀子扎入大脑中不断搅动。王十二捂着耳朵，却无法挡住它。

这要命的声音终于停了下来。

一个赫赫人出现，狗脸上满是笑容，说：“掉头回去，你就不用再经受更多的考验。”

“你们究竟要干什么？”王十二忍不住问。

“我们对各种生物的忍受力很感兴趣。你和我们很相似，又是个非法生物，测试你的忍耐力对我们来说很新鲜。”赫赫人一本正经地说。

“是萤火空间主人送我来的。”王十二叫道。

“嗯，萤火空间主人并不能干预我们的测试。”赫赫人回答，“我们是智慧生命心智的鉴定人，生命都是脆弱的，我们在寻找银河间最强悍的智慧生命，为将来的提升打好基础。”

狗屁不通！王十二在心底暗骂。

“如果你坚持继续你的旅程，那么还要再经受两次考验，极限痛感和极度饥饿感。我希望你坚定心智，这样子才好玩，赫赫赫赫！”

赫赫人说着掏出两颗药丸，一颗白，一颗黑，说道：“白药丸是清醒剂，如果你想继续旅程，那就吃了它，这会有利于我们继续进行考验。黑药丸是昏睡剂，吃下去，须里盎就会把你送回萤火空间，你醒过来，就是一个新天地。”

“来，挑一颗！”赫赫人双手向前一递。

王十二不想吃任何一颗药丸。

“来，挑一颗！”赫赫人重复，向前跨了一步，几乎贴到了王十二眼前。

王十二感到沉重的压迫让自己喘不过气来。

他猛地挥手，把两颗药丸都打翻在地，“你们别想糊弄我，让我走！”

赫赫人吓了一跳，向后退了一步，随即“赫赫赫赫”地干笑起来。

这笑声让王十二脊背发冷。

突然间，一阵剧烈的震荡传来，王十二还没弄清楚怎么回事，墙上轰的一声破了一个大洞。

全副武装的须里盎船长站在破洞里，四只触手端着两把硕大的枪。

“上船！”须里盎船长对王十二说。

清醒过来的王十二慌忙向着那破洞跑过去。

须里盎船长向着赫赫人开了一枪。赫赫人被一个巨大的泡泡包裹起来，悬在空中。

王十二连滚带爬地从船长身边钻了过去。

他回到了无尽空间号里。

“坐稳了！”须里盎船长喊。

和之前的二十多次轻微震颤不一样，这一次，无尽空间号剧烈地抖动，像是要散架一样。

令人心惊胆战的震动维持了十几秒，终于平静下来。

无尽空间号再次在无穷无尽的黑暗中缓缓穿行。

惊魂未定的王十二终于缓过神来，向着须里盎船长连着说了好几声谢谢。

须里盎船长叹了口气，“唉，我也是多事，你这个傻瓜就算明天就死了，和我又有什么关系。”

“多谢你救了我。”

“赫赫人都是骗子，”须里盎船长转过头来，“你没上当，你很有勇气，怪不得萤火空间主人要对你另眼相看。”

“他们会追上来吗？”

“不会，他们不敢。但是我们有别的麻烦。”

“什么麻烦？”

“等我们完成了这一跳，我才能告诉你。”

无尽空间号脱轨了。它跳到了一个黑洞旁，黑洞吸收外围的物质，有一个漂亮的光环。

“事情就是这样，我能做的就这么多。”须里盎船长说完情况后，对王十二说，“你挑吧。”

王十二望着黑洞，沉默不语。

重新进入轨道，到地球的时候时间会过去三十多年，那时晓勇应该快四十岁了，而婉儿已经是个老人了。

是继续向地球前进还是返回萤火空间，须里盎船长要求王十二作出选择。

须里盎船长虽然没有拿出白药丸和黑药丸，但效果也一样。

回到地球，那将是一个完全不同的世界。

“无论如何，我要回去看一看，不看到他们，我不甘心。”最后王十二说。

“那就走吧！”须里盎船长这次答应得很快。

无尽空间号冲向了黑洞。

借助黑洞的强大引力，无尽空间号加速到了四分之一光速。

星星显得微微有些发蓝，用不同的视角来看，宇宙的模样完全不一样，时间也不一样。王十二突然有个不切实际的愿望，那就是地球上的时间可以停滞，等着他回去。

他想回到那个晚上，一家人团团圆圆，围着餐桌吃饭。

无尽空间号再次加速，逼近了光速。

星光彼此混杂在一起，外边的世界变成了一个巨大的光的旋涡。

无尽空间号的时间走向停滞，遥远的上千光年之外，地球上的时间正飞一般地溜走。

须里盎船长冒险让无尽空间号以近光速冲向弹跳点，这可以缩短一点时间。

“傻瓜，在有限的生命里疯狂吧！”须里盎船长高叫着。

无尽空间号消失在蓝色的时空通道中。

飞船再次向着太阳进发。

星图上，弹跳的路线距离太阳越来越近。

王十二的心情越来越忐忑。他开始怀疑，回到地球来究竟是不是一个正确的选择。

总得要见一面。最后他总是用这个念头来支撑自己的行动。

他如愿了。

在经历了五十六次弹跳后，无尽空间号出现在天王星旁。

太阳如同烛光，地球只是漫天星斗中一个微不足道的暗淡蓝点，太阳城则被淹没在太阳的光芒里，根本看不见。

然而家就在那里！王十二望着肉眼勉强可以分辨的地球，望着那个一不留神就从视网膜上消失的暗淡蓝点，不知不觉泪流满面。

“我回来了！”他悄声说。

无尽空间号的到来让整个太阳系为之沸腾，王十二一夜之间成了一百亿人不断提及的名字。从火星到地球再到太阳城，无论是小行星带的采矿工厂还是月球的休闲基地，几乎没有人不在讨论这个爆炸性话题。

王十二回来了，和外星人一起回来了！他像是一个勇士，打开了银河世界的大门。

他见到了罗伯特的父亲。老人白发苍苍，听到王十二说罗伯特一切都好，顷刻间老泪纵横。

“他怎么不回来呢？”罗伯特的父亲抹着眼泪问。

“路太远，他身不由己。”王十二替罗伯特撒了个谎。

“但是你回来了啊！”

王十二哑然。他更想见到婉儿母子，告诉他们一路上的一切和他深深的思念。

晓勇来了，婉儿却没有来。

无尽空间号来得比预计更晚一些，晓勇已经五十四岁了。

王十二看着年纪比自己还要大的儿子，和记忆中的那个孩子怎么也对不上。

“你妈呢，她怎么不来？”

“她在家里，不能来。”

“她怎么了？生病了吗？”

“她……”儿子欲言又止。

“说吧。我从三千六百多光年之外回来，就是想要见到你和她。”

“她说，她已经见过你了，你还和当年一样。她不想让你看到她现在的模样，她说，你会永远记得她年轻时的样子。那样才是一生一世的念想，对吗？”

原来是这样，算起来，婉儿已经快九十岁了，保养得再好，也是一个行将就木的老人。在他落入太阳的那天，他和婉儿的人生就错开了，即便重逢，也回不到过去。

“我来晚了！”王十二叹息着说。

对宇宙来说，人太渺小了，生命耽搁不起。

眼前分明是自己的儿子，却像一个陌生人。

婉儿不肯来，她比自己聪明，一定预料到了这样的尴尬。萤火空间主人也早就预知了这样的结局吧。

他抬起头，微笑着说：“至少我知道你们现在都很好。”

他把手贴在玻璃上，隔着玻璃，感受儿子手掌的温度。

“再见，儿子！”他微笑着说，脸上却分明感觉到一丝凉意。

眼泪还是不争气地顺着脸颊流了下来。

无尽空间号准备返航。

王十二坐在船舱里，满怀惆怅。

“须里盎船长！”他想问问这个怪“老头”，是不是能把他送到沙人那里去。

然而须里盎船长并不在。

王十二突然意识到有些不对劲。

眼前的一切都在快速褪色，最后，一个四平方米大小的空间展露出来。晶莹的墙体透着淡淡的绿光。

“这是怎么回事？”王十二惊叫。

我已经把你送回了太阳，你已经知道了结局。

是萤火空间主人！王十二一下子明白过来。

“这是你给我的幻觉？”

不，这是我给你的提示。你一直想要回家，我只能让你知道回家对你究竟意味着什么。你们这个种族对未来缺乏认知，只有提前把结局告诉你，你才能作出正确的选择。

“不是这样。这不是真的！”王十二叫喊。

这就是真的。

“那你告诉我，太阳系那边，婉儿还有晓勇，他们是不是都好好的，还在等我回去？”

我不知道，我已经关闭了观察窗。但他们的确还在太阳系，那边的时间，大约过去了两天。

“这么说，如果我现在赶回去，还能见到他们，只要赶得快一点，我还能见到他们，我们还能在一起。”

这种可能性低于1%。最大的可能性，就是你所经历的提示。也有可能，你回去了，太阳系已经经历了上千年。在银河间旅行，几百年几千年的时间都不算什么，都是误差。

“但是，的确有可能，对吗？你只需要告诉我有还是没有。”王十二激动起来。

有可能。但是这种可能发生的概率不足1%。

他们还在那里！

王十二满心欢喜。

“送我上路吧，我要回家！”

萤火空间主人沉默下来。最后，他说：如你所愿。

立方体空间突然打开。王十二发现自己正站在水晶山的顶部，俯瞰下去，层层叠叠的水晶立方似乎铺满了所有空间，暖暖的光照亮了整个天宇，犹如仙境。一个黑色的球体向着水晶山的顶部缓缓降落。王十二抬头望去，它像一个小小的黑洞，不反射任何光线，那正是无尽空间号。王十二任由自己被那黑色的球体吞没。

门开了。

门外站着一只穿着盔甲的章鱼，叽里咕噜地说着话，把头盔递给了他。

王十二不由得笑了，戴上头盔。

“你这个傻瓜，萤火空间是智慧生命的天堂，多少比你聪明、比你强壮、比你更有能力的智慧生命想要进萤火空间都进不去，你倒是自己出来了，你不傻，这银河间就全是傻瓜了……”骂声在头盔里回荡。

“须里盎船长，我都听你的。”王十二打断了他。

“哦？你这个傻瓜倒是很乖。你怎么会懂我们的语言？”须里盎的态度一下子缓和下来。

“萤火空间主人告诉我的。”王十二回答，“让我看看萤火空间吧！”

“咦，你倒是像个老乘客。”须里盎说着打开了外视屏幕。

水晶山正如记忆当中一样辉煌。银河逐渐浮现出来，十万光年的时空，三千亿灿烂的恒星，汇聚成这光辉的银色旋涡。

我来了！他默默地向着银河呼唤。

他相信在那太阳光辉映照下的城市里，婉儿和晓勇一定听见了他的呼喊。

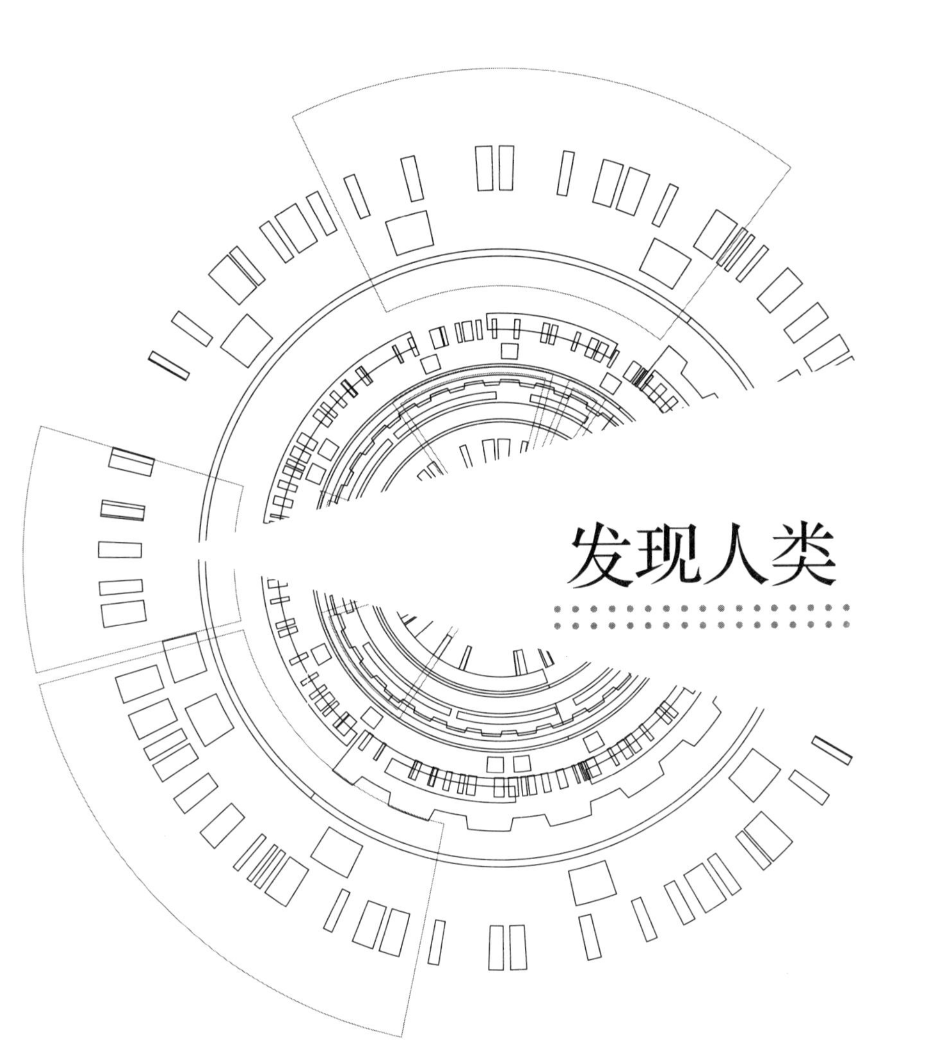

发现人类

009607在第三行星19960920位置发现一处遗址。最初的时候，一次地震让某种东西露出地表，然后探测器发送了照片。

009607随后来到这里，这东西是一个四面体，顶部尖立，基座庞大，露出地面的部分有二十米见方。震波探测显示这并不是一个四面体，而更接近一个方柱体。从底到顶，大约有四百米，横截面大概四千平方米。露出地表的仅仅是塔尖。更重要的，这不是一座单一的史前遗址，在这方柱附近，林立着各种各样、高高矮矮的方柱，这是一个遗址群！这是一个了不起的大发现。

消息让所有比特无比兴奋。发掘遗址的提案很快通过风险评估，立项上马。最精密的采掘系统789603从30轨道308号城市向行星底层降落。

发掘工作顺利进行。一座沉睡了千万年的遗址逐渐浮现出来，无数的古老事物被发现、清理、打包，在地面上铺陈开。009607每天就在这些埋藏了千万年的器物中间来回走动，检查每一件可能有价值的东西。

根据最近的发现，第三行星曾经温暖湿润，有很大面积的绿色陆地。那个时候，它是蓝色的，海洋几乎覆盖整个星球表面，夹杂着各色纹路，那是大陆和云彩。这样的一个星球和今天的第三行星相去甚远。很多动物活跃在这个星球上，从海洋到陆地，再到天空。只不过，这些动物都是有机体，和今天的动物也相去甚远。

越来越多的东西被发掘出来，甚至有许多尸骨。已经石化的骨骼被陈放在一片平坦空地上，铺展开。这些都是人类的尸骨。毫无疑问，人类是唯一一种进化出智慧的有机生物。在第三行星上发现的各种遗址，全都来自他们。这史前的文明辉煌而伟大，也许不比眼下的世界逊色。然而他们都已消失在时间长河里，只留下这些庞大的尸骨和那些不再有生气的遗址。风卷起沙土，009607感到有些刺痒，还没有打包的化石被吹得七零八落。789603派出六个拾荒者收拾这凌乱的局面。

009607找到了一本书，很厚。书已经被腐蚀了，却保持着原来的模样。它曾经的主人想方设法让它能存在得久一些，它被包裹在石英柜子里，很好地保护起来。当009607用一只触手摸到它时，它却在转眼间变成了一堆齑粉，只留下一块铭牌躺在粉末中。那是一块黄金铭牌，上面刻着字。009607抚摸着这历尽千万年仍旧熠熠发光的文字，仿佛听到那些已经消失的人类穿越了时空正在向他述说些什么。他让789603把铭牌的影像送回308号城市。

同位素检查把遗址的时间定格在三亿四千万年前，十五纪晚期，那是人类灭绝的前夜。十五纪是生物的最后一个世纪。在那个世纪的地层中，发现了大量遗址和化石，然而在此之后，任何地层中都不再有生物遗迹——所有的水突然之间从行星表面消失了，不再有沉积，也不再有新的地层，只留下一个干旱、寒冷的星球缓慢地在风中被侵蚀。板块运动和火山爆发依旧存在，塑造了绝大部分地形。生命还是有的，地下深处的某些地方，最简单的细菌以休眠的方式存在着，是曾经欣欣向荣的生物圈留下的唯一见证。

789603用三十个太阳日的时间完成了大部分工作。他找到超过六百个建筑。那些方柱是其中的庞然大物，更常见的建筑是一些半球形的金属结构，高度不超过十五米。789603停了下来，他发现了一个仍旧完整的半球形。虽然已经锈蚀，暴露出内部的一些金属，但形态完好。789603拿不定主意是不是要打开它。009607的级别比他高，他发出通知，然后开始等待。

这个半球形与众不同，矮小而坚固。三亿四千万年的岁月也没有将它

彻底破坏。789603进行了一次全扫描，半球形的内层，某种金属挡住了电磁场。

009607到来，他仔细察看这建筑，内部的合金层有着登峰造极的技艺，经历悠久岁月，仍旧坚固如初，完全密封，没有丝毫泄漏。009607在表面找到了一些装置的痕迹，那些人类将某些东西放进了建筑里边，然后使用这装置将合金层填补完整，让它们在完全密封的空间中保存。无论里面是什么东西，对于那些人一定有着非同寻常的意义。009607敏锐地感觉到通向遥远过去的神秘之门正在眼前打开。他要求派遣549012367来将整个球体切割下来运送回去，在实验室里进行更好的观察。

传送回来的消息让009607大吃一惊，比特联盟要求他回到308号城市，向000007报告。009607只能服从命令。临走之前，他关照789603暂停发掘，整理已经发现的文物。他把那些人类的尸骨挪入一个方柱里，用一些屏障把它们保护起来。然后按照价值大小挑选了几样文物，他带上了那个闪闪发光的黄金铭牌；然后是一小块石英，那是一种具有完美谐振频率的物质，是良好的计时器，被发现时，它被镶嵌在一副机器的残骸中，009607猜测，那是人类时代的计算工具；最后他带上了一个大家伙，那是一块岩石，腐朽得很厉害，然而仍旧能够辨认出是一个人的形状，和千百年来比特们对人类的想象一样，那是一种强悍、冷漠、令人生畏的形象。这样一种生物，能够根据自己的需要来改造环境，他们统治了行星，却最终灭绝了。第三行星是冰冷的，黑暗而阴冷的星球表面下，不知道埋藏着多少秘密。人类像的脸上带着某种表情，009607认为那表示冷酷和恫吓，不过比特无法推理人类的情感，这只能是个猜测。

009607大量吸入空气，氮气被滤出，氢气保留在他的身体里。当氢气的浓度达到某个值，他飘起来，越来越高，越来越快，最后停留在氢气圈的最下层。两个巡逻者靠拢过来，帮助他继续上升，在三十千米的高度，他进入升降机，升降机将他带到了308号城市。

308号城市以这样的一种轨道围绕第三行星运行：它永远位于第三行星和太阳之间，永远不会缺少阳光。比特们都喜欢生活在阳光下。在阳光下，小黑藻繁盛生长，给浮鱼提供丰富的养料，大大小小的动物饲养池在浮鱼聚集的地方建立，阳光给比特们提供食物。阳光也是一切动力的源泉，机器需要阳光来维持运转，整个比特文明都建立在中心恒星源源不断输出的光和辐射之上。009607在一个浮鱼池里痛快地洗了澡，饱餐一顿，在暖洋洋的阳光下充满能量，然后去见000007。

000007是一个很老的比特。他很有名，耗时三百年才完工的下降工程，正是因为他的提议和大力推广才能够进行，因此今天的比特们才有了随意降落到气底行星表面的能力，也才有了关于这个星球过去的惊天动地的发现。

000007仍旧保持着单一形态。这个老比特并没有把自己投入倡导的工程中去。他不这么做，因为他不喜欢分身。

“你是000054的分身。我认识他。”

“是的，果长。他留给我的记忆中有关于您的部分。”

“那是什么？”

“尊敬，服从。您是比特的骄傲。”

“是吗？给我看看你找到的东西。”

000007接过黄金铭牌，沉重的黄金让000007差点失手，009607及时扶住老比特，顺手把黄金放在一个球泡里。

000007注视着这块从黑暗深处回到阳光下的贵重金属，那上面刻着寥寥的一行字。000007伸出一只触手，抚摸着字迹，对着阳光仔细端详。

“大百科全书。”000007突然说出这个名词，仿佛在自言自语。009607没有听明白，怀着疑虑，追问一句：“您在对我说吗？”

“这是一本大百科全书，是揭开人类之谜的钥匙。”

大百科全书。009607突然明白过来，他在那个石英柜子中所见到的厚书是一本大百科全书。那时的人类知道自己已经面临最后的绝境，他们开始保护一些有意义的东西。虽然并不能延续下去，但至少，在未来的某一天，如果还有活着的人类或者这颗星球能够再次诞生智慧生命的话，他们能够得到这本书，读懂其中的文字，人类也就在某种意义上重新复活，至少复活在传说和记忆之中。

009607亮起额头表示同意，“是的，这块铭牌嵌在一本厚书的封面上。我见到它的时候，还是一本书的样子，然而转眼间就变成了灰烬。如果它是大百科全书，真是太可惜了。”

“对，很可惜。不过，人类并不那么愚蠢。他们明白一本植物纤维的书能存在多久，即便是保存在密封的柜子里。你看看。”

000007把黄金铭牌翻转一个角度，然后招呼009607。顺着阳光，009607看见隐隐约约的细纹。

“这就是大百科全书。拿去让007856帮你打开，也许有三千页，或者更多。”

整整一间屋子，从地面到穹顶都铺满了书页，009607一点一点地观察这铺陈开的黄金书。000007说得不错，这的确是一本百科全书，黄金铭牌其实是一层层薄薄的箔，彼此紧密地贴合在一起，中间隔着薄薄的一层特殊分子，防止因为年代久远金原子挪位，只有借助精细的激光才能把它们分开来。书本的页数超出预计，有整整六千五百页。密密麻麻的微缩字体挤满每一点空间。这是穿越时光的宝盒，每一点空间都价值无限。

009607站在屋子中央，整个屋子因为金箔的存在而熠熠生光。他有一种错觉，仿佛正站在一座人类的坟冢之中，这贴满了金箔的穹顶，是对逝去时光的某种追忆。

接下来要做的是破译这远古的文字。每一个字都是一个符号，充满着神秘色彩和远古记忆，无法理解。毫无疑问，这百科全书是留给后来者的。然而，即便这本书已经展开放在眼前，009607已经领会到那些人类赋予它的希望，他仍旧无法阅读。几个世代的隔绝是一道无法跨越的鸿沟。009607把最初的一页文字放大，扫描保存。已经打开的书无法搬动，普通的成像无法让书上的文字传送出去，他决定带着这一页到000007那儿，听一听老者的想法。

000007很仔细地看着书页。这一页上有三万零四百六十二个字符，只有放大两千倍才能被看清。000007不声不响地一个字、一个字挨个看。009607站在一旁，很耐心地陪着。突然某个信号进入009607的通道，789603报告异常。

“遗址附近有些异样，可能会有风暴。”

000007从书页上抬起头，“你去吧。你还带回来一个人类像，是吗？”得到肯定答复后，他说，“等会儿我自己去你的库房看看。”

009607亮了亮额头，匆匆走了。

十三个小时之后，009607重新降落在星球表面。他动用了紧急通道，一艘超级升降机直接把他从308号城市带到废墟。超级升降机卷动气流，四处黄沙漫天，落到气底，厚厚的沙层被升降机搅动，形成一个降落坑。排掉体内的氢气之后，009607从坑里爬出来。这种运动方式很别扭，然而实践证明，这是附着在气底表面最有效的办法。当然，对于金属成分比较重的新生代比特，这不是一个问题，而对于000007，他甚至无法离开城市向下降落哪怕一百米。

789603已经等候多时。他构筑了一道临时的风墙，但不可能对整个遗址进行保护，只能保护已经发掘的文物和那些球体。风暴马上就要来了，预计时速在六十码到八十码之间，风速并不算太快，然而星球表面和比特空间不同，大量的沙土夹杂在风中，这让时速六十码的风也成了可怕的杀手。更可怕的是表面沙土的移动，它们会将所经之地所有的东西彻底埋葬。

009607爬上风墙。照灯的光线射出两百多米远，弥散在黑暗之中，远方的黑暗中有隐约的呼啸声，还有一些窸窸窣窣的响声，那是沙土移动摩擦发出的声音。风墙高出表面二十米。突然一阵急风，009607站立不稳，从风墙上掉落。他急剧地吸入空气，飞快膨胀起来，但落地的时候仍旧很重，发出一声钝响。

789603有些焦虑。更新的情况表明风暴比预计得更猛烈。暴露在外的遗址会遭到严重破坏。那些方柱甚至有可能倒塌。如此一来，方柱下边的一切，包括文物和那些低矮的半球形建筑也会被严重损毁。最好的办法是将所有的一切重新掩埋起来，然而，风暴并不会给他时间。遗址不是唯一的问题。009607弱不禁风，如果风暴的时速达到一百二十码，风墙将失去作用，009607会有生命危险。比较而言，009607的生命具有更高的优先级。789603走过去，把一切情况告诉009607，让他进行判断。

009607排出空气后翻身站起来。789603正等着他。他有一个选择的机会，马上坐上超级升降机，在风暴抵达之前，还有大约三十秒的空隙，升降机能够升到一千米的空中，避开沙尘密度最大的区域。升降机能够在气流中飘浮，这将确保他的安全。另一个选择是留下，听天由命。

009607决定留下。他要看护这个遗址。

风暴席卷了一切。二十个小时之后，星球表面一片平坦，仿佛任何东西都不曾存在过。009607、789603和遗址一道被埋在几十米厚的沙层之下。突然，平坦的沙面上出现了一个小坑，很快扩大，最后伸出一个直径三十厘米的探头。沙层向上拱起，一个物体钻出，确认风暴已经过去之后，789603开始向上爬。他将自己变化成蛇形，一点点地钻出来，全部的身体爬到沙层之上，他重新组合成采掘形态，开始发掘。009607还没有死，必须救他出来。

009607被埋在深深的沙土中，陷入休眠状态。在沙土将他们完全掩埋之前，他排出了所有气体。这使他没有被迅速堆积的沙层挤破。789603将他挖出，他俯身趴在那个仍旧完好的半球形建筑上，不远处是一个倒塌的方柱。

只有阳光的照射才能让009607苏醒。这里是大气圈底层，没有一丝阳光。789603考虑了一会儿，打开一盏射灯，他加高电压，灯泡放射出很强的光线，仅仅只有一瞬，“噼啪”一声，灯芯爆裂。009607苏醒过来。

009607站起身。急遽的沙暴差点让他送命。他回想起方柱倒塌的那一瞬间，这个庞然大物像一座山压迫过来，他无处可逃，只有将身体紧紧地贴在地上。尘土伴随着轰鸣四处飞扬，看不见任何东西。身下在震动，他还活着，于是他知道那个庞然大物并没有压到自己。789603送给他一个信号，风暴远远超出预计，整个废墟将在十秒内被掩埋。他竭尽全力排出体内的气体，让身体更坚固一些。他进入休眠状态，就在失去知觉的一刹那，一阵强烈的节奏涌入头脑，那是频率极低的振荡，这振荡带来的感觉似曾相识，009607来不及细想，已经转入完全的休眠。

009607清楚地回想起每一个细节。789603清理了周围很大一片场地。倒塌的方柱，被压得支离破碎的低矮建筑，呈现在眼前的是一片狼藉，最神秘的那个半球形建筑仍旧完好。009607用三只触手刺入半球形建筑的墙壁，碰到坚硬的金属，他仔细感受任何可疑的振荡，然而并没有找到。

一艘巨大的潜艇从黑暗中出现。009607抬头观看。潜艇只有那些不能下降的老比特才有资格使用，整个308号城市，只有000007才需要潜艇。潜艇在不远处降落，门打开，000007穿着臃肿的降落服出现在门口，步履蹒跚地走了出来。009607有些惊讶，一半是因为000007居然亲自降落，另一半是因为000007看起来有些不协调，他的脑袋大了一圈，显得身体过分羸弱。

“这里很危险，风暴随时可能再次发生。您为什么要亲自前来？”

“通信中断了，我无法联系到你。再说，我要亲眼看看这些。”

000007已经走到了009607跟前。789603送出一个爬行器，让000007坐在里边，这样他的活动可以更方便一些。

000007仰视着倒在眼前的方柱，“真是一个庞然大物。”他转向009607，“你见过很多的人类遗迹和骸骨，你觉得他们是怎样的一种生物？”

“他们和比特完全不同。是一种体形庞大、具有很高智慧的有机生物。有很大的可能，他们生活在水中，不过从发现的建筑和制造的机械来看，他们也可能可以脱离水生活，是一种两栖生物。有机生物圈是一个谜，从找到的一些微小生物来看，他们能依靠分子生存。不过大型的有机生物可能会有比较高级的功能。人类毫无疑问是有机生物圈的成功者，至少他们有智能，能够制造出各种金属，也有很精巧的机器和强大的建筑本领。”

“那么和我们相比呢？”

“我不知道。”009607看了看身边的巨型建筑，还有那个保存了三亿四千万年仍旧完整的半球，“他们生活在气底层，更适应气底。但是他们的结构肯定不能适应比特空间。我相信他们的文明程度很高，但是比特文明更优秀，至少自然灾难已经不能毁灭我们，而他们最后却消失了。”

“如果我告诉你，人类的文明程度远远超过了我们，你相信吗？”

“您有什么新发现？”

000007带来一个意外的消息。人类古文字已经不再是秘密，这个谜团已经解开。人类依靠一代代的经验传授获得知识和技能，当他们面临最后的灭顶之灾，而又想向这个星球的后来者传递些什么时，他们的教育经验起了作用，他们决定从零开始。

黄金书页的最后一部分，一共四百页，画满了各种图画，从简单的物品到复杂的生活，文字就标注在图画边，提示着每一个字的含义。和比特不同，人类的生物圈是从亲代产生子代，子代的一切都需要亲代去教育。图画也许就是最早的教育手段。他们试图用同样的手段传达一个文明覆亡之后的余音。000007在库房发现了这个秘密，他抑制不住激动，紧急呼唤8974538，让这个比特世界中最高效的扫描机器把所有的图画放大传入图书馆里。三千余个单字，六万五千余个词组，还有超过十种的语法结构被分析出来。一个文明世界的轮廓变得清晰。有史以来，比特第一次这样突破时空障碍，直接面对那些三亿四千万年前的生灵。000007把黄金书页和经过推论得到的所有一切转入他的记忆。为此他清空了许多冗余并在大脑中增加了十五个记忆棒，这让他的脑子显得臃肿不堪。当一切完成之后，他明白必须到废墟去。经历了三亿四千万年的时光，也许一切已经面目全非，但如果没有亲眼看见这重大发现的存在，无论如何也不能甘心。

000007呼唤009607，通信中心回答，遗址挖掘区域刚刚经历了一场超级风暴，仍旧处在电子屏蔽状态，没有办法联系。他不能等待，亲眼看看人类文明的渴望也压倒了对下降的恐惧，他选择潜入底层去见009607。或者，如果009607已经在风暴中死亡，他将独自把秘密揭开。

十号机组。

000007读出半球形建筑上残缺的文字，“这是他们的能量来源，他们用的是聚变能。如果你了解过398721最近的一份报告——关于太阳能量的报告，你就明白氢聚变是太阳的能量来源。不过那是过于强烈的能源，只有在远离它约一亿五千万千米的第三行星，辐射才减弱到比特能够承受的程度。”

009607有些惊讶。聚变能的利用是科学界的一个热门话题，如何实现有效控制是棘手的技术问题，对材料的要求太高，也许永远也没有解决的可能。而人类，那个已经消失了亿万年的有机生物，却早已成功地把这不可思议的能源控制起来。此刻，紧靠在自己身边的就是这样一台机组。

“如果我们打开它，会发生放射爆吗？”

“它只是一台发电机而已。人类比比特还要害怕放射，他们不会让自己的安全受到侵害。”000007指了指地下，“所有的聚变装置都在地下，最浅的深度也在六千米以上。”他停顿一下，“终有一天我们会把它们挖出来。”

“这是一台发电机？”009607有些怀疑，他回想起那个强烈的节奏感。毫无疑问，当时有某个源头，他怀疑源头就是这半球形建筑。然而果长却告诉他，这不过是一台发电机，这个信息，来自那本黄金之书。

009607想和000007谈谈自己的疑惑，可000007却走开了，他绕着789603清理出来的场地走着，走得很慢，似乎在校验那些低矮的半球形建筑的方位。他停下来，要求789603掘开另一片区域。009607记得在那一边有一个方柱和三个半球形建筑。看起来000007正在寻找某些东西。009607相信他一定从那本书中得到了非常重要的启示。于是他站在一旁，静静地看着，没有动。

789603以很高的效率清理场地。009607趁这个机会和000007说话。

“那个半球形建筑有些异样。它不像发电机那么简单。”

“怎么说？”

“风暴来临的时刻，我进入休眠，休眠之前我感受到强烈的节奏感，我相信那是基频振荡。”

“基频振荡？”000007注视着009607，“你确定那是基频振荡？”

“我不能肯定。像是那么一回事。”

000007的额头发出高亮的光，“风暴时刻？”他有些迟疑，“我从港口出发的时候，所有的比特都在议论这件事——小黑藻发生一次异常，308号城市周围的小黑藻发生了潮啸。所有的小黑藻都产生了振荡，共振强烈，以至于不用借助任何仪器，比特可以直接感受到。”

009607有些惊讶，“308号城市？”潮啸只有在昼夜交替的区域才会发生。小黑藻在黑暗中休眠，一旦接触到阳光，它们便活过来，基频振荡在这个时刻发生。昼夜交替的区域，数以亿计的黑藻群同时发出基频振荡，这就是潮啸。308号城市没有昼夜，从来没有潮啸。

“这怎么可能！”

“的确很奇怪，不过，并不是完全不可能。004857曾经有详细的可行性论证，可惜为了存储那本黄金之书的内容，我将它删除了，只有一个索引。”000007停顿了一下，“可能你所感受到的振荡就是这一次潮啸。这一次潮啸规模很大，超出昼夜交替区很远。可能全球的小黑藻都同时发动了。”

009607仍旧有些怀疑，“但是我相信这振荡是从那个半球体中发射出来的。”

000007看着789603来回忙碌，“等一会儿，看看789603会挖出来一些什么。”

风暴把十几万吨的沙土堆积在废墟上。还好000007感兴趣的区域并不大，789603集中力量，在三个小时内清理完毕。正如009607所记得的，那儿有三个半球形建筑和一个方柱。方柱已经倒下，横躺着，可仍旧比那些半球形建筑高出许多。

000007走过去，在废墟中仔细寻找。

“您在找什么？”

“一种透明材料，但比钢铁还要坚硬。”

009607示意789603搬过来一些文物，“是这种东西吗？”两片巨大的透明板材躺在两个比特面前，不规则的边缘暗示它们是从一块更大的母体上掉落下来的。000007打量了两眼，“也许是，如果是在这片区域找到的，我相信这就是我想找的东西。在哪里发现的？”

789603指示了一个地点，那地方正被沙土埋着，距离000007感兴趣的位置很远。

000007不甘心，他在这片地方来来回回走了几圈，然而除了沙还是沙。最后他放弃了努力，“这里应该是他们的子代培养室，他们用这种叫作玻璃的材料制作培养房，把子代放在里边，保证温度，供给养分，确保子代能够健康成长。这是城市的核心部分。”

“那毕竟是埋在土里过了上亿年的东西。有些不精准并不奇怪。”

“不。这些建筑……”000007环视着四周，“和地图非常吻合。半球形发电机组的中央是一个培养房，四十米高，半径达到三百米，这么大的建筑物不可能消失。除非黄金之书就是错的，但是……”000007突然停下来，他盯着被宣称为十号机组的那个半球形建筑，突然他飞快走动起来，最后他爬上一个方柱，站立着不动。009607跟着爬上去，他顺着果长看的方向望过去，下边的半球形建筑排列成环形，显然是某个队列的一部分，而十号机组却明显突出阵列。

“他们拆除了培养房，修建了十号机组。它的确有些特殊。”

“黄金之书里没有提到？”

“可能这发生在黄金之书制成后。我们只能自己去找原因了。”

009607看着这象征古老智慧的环形阵列，脑子里浮现出了一幅怪异的景象：许多身材高大的人类拿着各式各样的武器，打砸玻璃大房子，将里边尚未成型的子代拉扯出来。然后，他们给自己修筑了坟墓。

“也许他们已经绝望了。”009607说。

“你的直觉不错。他们把这座城市称为禁闭基地。你要知道，在人类的语言里，禁闭和死亡是同源的。”

水是万物的根本！黄金之书中有关于生物结构的篇章，详细介绍了六千多种常见生物的解剖结构、生物化学反应、遗传图谱。这些生物形态万千，生物化学反应千奇百怪，遗传图谱基因链也截然不同。然而所有的一切，都离不开水。

“水对于有机生物，就像氢气对于比特一样重要。它几乎是整个生物圈最基础的部分。远古时期行星有着大量的水，不过对于此刻的星球，你恐怕很难找到一个水分子。人类这种高级文明，就因为这个变化，也逃不掉灭绝的命运。”

549012367已经接受000007的召唤来到发掘地点。这庞大的比特悬停在废墟上空，只用了六个小时的时间，它便完成了789603花费三十天才完成的工作，把整个废墟重新暴露在比特眼前。然后他开始对十号机组进行分离切割。当他小心翼翼地割开建筑下方的岩石，惊讶地发现这个建筑并没有和其他的机组一样向下延伸，而是和六千米深的聚变炉联系在一起。它是一个完整的球体。

“时代进步得很快！”000007站在远处观察着549012367的一举一动，毫无疑问，他被高效的运行打动了。突然他想起什么问题，转头问009607，“它是第几代分身？”

“不知道，也许是第十一代，或者第十二代。”

000007若有所思，“你觉得到第几代，比特有能力让氢气圈完全消失？”

这个问题让009607警觉起来，“怎么可能有这样的事！比特不会傻到杀死自己。”

“难说。人类毁掉了水。如果不是他们智慧超群，生物圈根本不会灭绝，可他们却这样做了，拉上整个生物圈陪葬。”

“人类毁掉了水？这怎么可能！他们只有依靠水才能生存。”

“这就是荒谬的地方。对于比特可能有些难以理解。他们的社会组织也许比我们更复杂，也更脆弱。他们使用聚变能，为了得到氢，最早采用电解水的办法。后来，某种物质被开发出来，这种东西利用阳光，能够把水分解成氢气和氧，同时它利用生成的氧气制造出一些新物质。这就像一个可以无限提供氢气的反应堆，只要把水送进去，就可以出来氢气，同时没有任何副作用。”

“然后这种东西毁掉了所有的水？”

“这当然不能毁灭人类。这种物质被当作催化剂使用，受到严格的控制。然而当时发生了一次战争。战争就是人类的不同城市之间为了某些利益而发生冲突，严重到消灭肉体的地步。某一个城市联盟失败了，几乎所有成员死于战场，或者被屠杀。他们只剩下一座秘密城市。这些人类睚眦必报，何况是种族灭绝的灾难。为了报复，他们将这种物质和某种微小机器结合起来，并让它有了自己移动和繁殖的能力。他们的间谍把这种东西放进了敌人的城市。”

“他们难道不知道这也是在毁灭自己？”

“也许知道，也许不知道。这座秘密城市显然为水荒做好了准备，他们储存了足够的水，制造了一个小生物圈。为了报复，他们已经不顾一切，也许他们相信，就算整个世界都毁掉了，他们也能够独自生存。或者说，即便这个世界继续存在，对他们也毫无意义。”

“这真是不可思议。”

“这些智能的半机械细菌以不可抑制的速度生长起来，它们用空前绝后的速度攫取着这个星球上的一切水分，从空气中，土壤里，江河湖海，还有大洋，甚至包括生物体。地球上的水以前所未有的速度转化成氢气，然后飘逸到大气圈上层。土地开始沙化，生物死亡，这对智能细菌没有任何影响，它们所需要的仅仅是水和阳光。当海洋面积退化为原来的一半，整个星球上已经看不见比老鼠更大的动物，而人类仅仅在几座城市中喘息，把城市紧紧地密封起来，保持住那一点可怜的水源。智能细菌毁掉了整个生物圈，生命哪怕像人类一样智慧或者像病毒一样顽强，也再没有翻身的机会。

“人类就像谜一样。那些残留的人类并没有捱过多久，整个地球已经没有一滴水了，走出城市，一片荒凉，没有任何生物能够继续生存。他们的人造生物圈很快出现问题。在三代人的时间里，一切就变得不可收拾。他们临死的时候，给了自己最强烈的痛苦来表示忏悔。”

000007的额头闪烁着，他的思绪被牵扯到那遥远的过去，一群两足行走的智慧生物释放了他们的魔鬼。那些微小的机器附在他们身上，水分被迅速吸干，他们转眼间变成一具具干枯的尸体，痛苦的表情凝固成永恒。

“你找到的岩石是一个石化的人体，这座废墟就是最后的人类城市，那本黄金之书，是他们的忏悔录。”

009607和000007产生了共鸣。这禁闭之城，仿佛有无数的幽灵在游荡，009607居然有些害怕起来。

549012367顺利返回。他把整个十号机组镶嵌在岩石中带回了308号城市。789603也很快返航，他带回了所有能够搬动的文物，除了那些无法移动的部分。一个声势浩大的展览很快举行。宽阔的场地里挤满了比特，几乎无法转身。009607从透明窗口向下看，一副拼凑而成的人类骨架巍然立在展厅中央，鸟瞰着进进出出的比特。这些从地下挖掘出来的实物极大程度地满足着参观者的好奇。他们簇拥着，观赏着，赞叹着，被这史前文明的光辉折服。地球曾经的主人，被时间的尘土所覆盖，直到今天才将其真实面目暴露在后来者面前。然而，又有多少东西随着时间流逝一去不返，再也不能为比特所发现呢？

比特们在骨架前徘徊。无数的球泡在整个大厅上空飘浮，各种关于人类的发现从这些球泡传递到比特们的头脑中，让他们无比兴奋。一个辉煌了上万年的物种，一个曾经统治了行星的文明，他们死去了，被埋葬了，比特却成功地成长起来，这充分证明比特是多么的优越。比特们产生共鸣，整个空间荡漾着让人陶醉的气氛。009607控制着情绪，没有让自己沉浸在共鸣中。如果一个比特曾经降到气底，站在人类的废墟上张望，沉浸在那逝去辉煌的最后一点余烬中，他便会与这浅薄的欢腾有了隔阂。009607只静静地看着。

突然一股强烈的振荡让所有的比特安静下来。009607不由自主地摇摆。基频振荡！潮啸！比特们陷落在慌乱中，有些不知所措。这绝对不应该发生的事情居然发生了第二次。在比特的记忆里，自从城市有了动力，随着太阳移动，城市里就再也没有黑夜了。潮啸再也没有发生过，基频振荡成了一种模糊的记忆，只有那些喜欢探险的家伙才会前往昼夜交替区进行体验。然而短短的十五天时间内，居然发生了两次。某种不寻常的事件正在发生，不安的气氛笼罩着比特。

000007送来一个信号，要009607到行星研究所第五实验室，那是安放十号机组的地方。那儿一定发现了某种特别重要的东西。009607匆忙从展厅出口钻出去。天空中太阳正热烈，放眼望去，小黑藻聚集在顶层，黑压压一片，一直到天的尽头。它们排成队列，以同样的频率振动，仿佛正进行着某种仪式。009607加速赶向第五实验室。

000007正等着他。

“看见潮啸了？”

“是的，让人震惊。有些不可思议。您有了新发现？”

顺着000007的目光，009607看见了十号机组。球体的外壳已经被剥离，显出它的真实面目，黝黑的金属面上闪着淡淡的光泽。

“搞清楚它的结构很困难。这一层金属壁，估计有一米厚，如果不剖开它，恐怕永远也没有办法知道里边是什么。”

000007拿起一个巨型的喇叭，“不过不管那是什么，我们至少已经知道它怎样会被触发。”巨型喇叭鼓出强劲的风，009607感觉到一股强烈的节奏感涌入体内。紧接着，他听到了潮啸。聚集的小黑藻响应着这节奏，整个比特空间都沉浸在反复的振荡中。振荡渐渐平息下来，余音缭绕，最后在星球的另一边消失。黑色巨球纹丝不动，仿佛什么都没有发生。

000007看着009607，“有什么想法？”

各种可能性在009607的脑子里翻腾，他想象着这球体里边到底是怎样一种结构，也许里边有水，这种神奇的物质有着不可思议的特性……显然这个问题超出了他的能力范围，“我们必须保护这个球体。如果没有办法观察内部，就把它保护起来，等到有一天我们能解决这个问题。”

“基频振荡呢？”

“说不定是巧合，这是自然界的基本频率。”

“不。”

000007伸手拿过一个球泡，球泡壁上显示着某些东西。009607仔细读下去，他看见了基频振荡的图谱，然后，他看见某种映射关系，最后他看见几个人类文字。

“这就是基频振荡译码后的人类语言。”

009607给自己装上了一对振动翅，借助这种新鲜的玩意儿，他不需要巡逻者的帮助就能很快在各个地方自由穿梭。他绕着行星，追逐着太阳飞行。青黑的颜色从脚下一直延伸到天尽头。无穷无尽的小黑藻就像一张黑色的幕布，遮住这个星球，也断绝了底层的任何希望。它们将星球严严实实地包裹起来，把人类文明深深地埋在行星深处，就像人类埋葬身体的坟冢。是的，这是人类给自己制造的坟冢，他们在弥留之际把小黑藻发射上天。这是他们最后的杰作。比特源自小黑藻，如果追溯根源，是人类创造了比特。引起潮啸的黑色球体，最后的人工杰作，仍旧躺在第五实验室。它横跨三亿四千万年，把两个毫无相似之处的文明奇迹般地联系在一起。

太阳已经远去了，翅膀的力量不能让他赶上星球自转，他陷落在黑暗区域里。009607并没有慌张，他停下来，吸入大量氢气，让自己飘浮着，然后进入休眠。再过二十七个小时，太阳会从东边升起，那一瞬间，数以亿计的小黑藻，还有比特空间的所有生物都将沐浴在一次基频振荡中。他将在激烈的潮啸中苏醒过来。亿万年来，比特空间的早晨都是如此。这是湮没的远古文明在比特空间留下的纪念，这是人类的墓志铭。

当阳光照射在比特生物身上，当基频振荡每一次发生，他们都在代替那个已经消失许久的文明对着宇宙深空发出一次呐喊。

“请饶恕。”这是曾经的人类发出的最后声音。

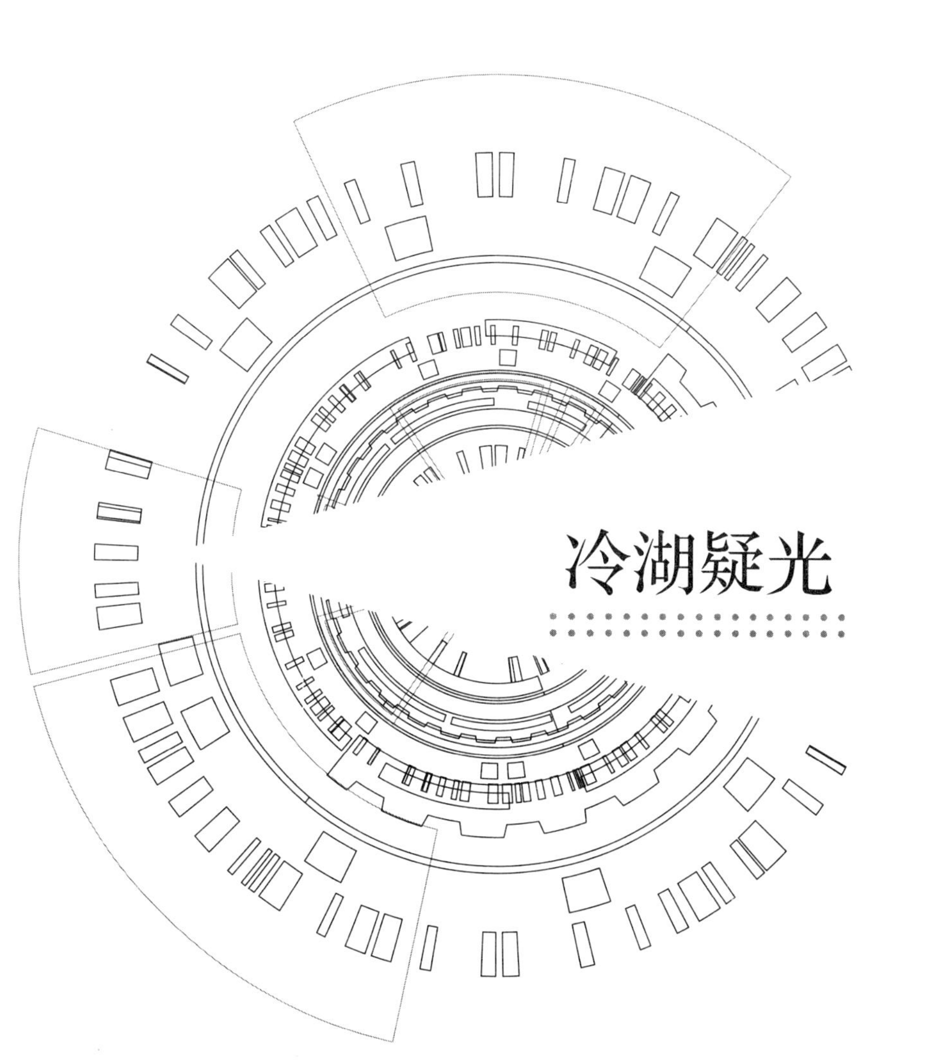

冷湖疑光

天净沙·冷湖

荒烟蔓草黄沙，
雪山冷湖残花。
油田戈壁长路，
北风如割，
不见当年人家。

俄博梁

起风了！

王十二回头望去，俄博梁奇形怪状的山头淹没在沙尘中，时隐时现。他有种奇怪的感觉，仿佛那些山头都是活物，趁着风沙，悄悄地移动了方位。

罗玉玲还在车里等待救援，希望这风沙不要惊吓到她。

老天，让风赶紧停吧！他默默祈祷，然后顶着风继续向前走。

荒野一望无垠，灰褐色的土地寸草不生，远方的山脉绵延逶迤，横亘在地平线上。远山和荒野之间，巨大的风车耸立如林，扇叶缓缓转动，似乎在沉默中想要说些什么。风卷着沙尘，掠过荒野，风车仿佛陷入了迷雾之中，变得朦朦胧胧，而远方的山，则被悬在了空中，望过去犹如飘在云端。

天空灰蒙，日头化作一团白色柔和的光，一点也不像高原的正午。

一条黑色的公路将灰褐色的荒野一切两半，直通向天的尽头。

目力所及，王十二突然看到一个小小的黑点正沿着黑色的公路移动。他仔细看去——

那是一辆绿色的越野车！

王十二心头一阵激动，连滚带爬向着公路冲去，一边跑，一边解下头巾，高举在头顶挥舞，生怕那车开得太快看不见自己。这无人区少有人来，错过了这辆车，不知道要等多久才能见到下一辆。

风沙灌进王十二的口中，弄得他满嘴沙子，然而王十二顾不了那么多，只是使劲地蹦跳，向着那越野车挥舞头巾。

越野车明显减慢了速度。

王十二悬着的心一下子放了下来，但还是用最快的速度向着公路跑去。

车停在了路边，车上下来两个人，向着这边张望。

王十二紧赶慢赶，终于跑到了，跨过护路的矮石堆，向着那两个人靠近。

他气喘吁吁地站在了两人面前。

两人都是军人，穿着迷彩军服。一个脸庞黑里透红，身材魁梧，眉宇间带着一股威严，一看就是在高原上摸爬滚打多年的老兵；另一个则白白净净，微微发胖，架着一副眼镜，为了防风沙，用头巾裹住鼻子和嘴巴，只露出半张脸，看得出来很年轻。

“咋了？怎么一个人在野地里？”老兵问。

“我，我也不知道……车没电了，瘫了，我没办法，跑出来求救……”王十二上气不接下气地解释。

“出来旅游啊？”

“对，探险。”

两个人相互看了一眼，老兵继续开口问：“你怎么进的无人区？只有一个人吗？胆子也忒大了！”

“我们两个人，两辆车……本来觉得没事的，有双保险，但怎么也想不到车竟然再也打不着火了。”

“你们没带卫星电话吗？”

“电话也……没电了。”

两个军人又对视了一眼。

老兵发话：“上车，去看看你的车。你的朋友是不是还在那里等着？”

“对对对，她还在等我。”

“我们去把你的朋友带出来。”

“那真是太谢谢了！”王十二满怀感激，离开公路进无人区，一般的司机都不敢随意冒险，这两个人真是帮了大忙。

他正迈开步子，年轻人拦住了他，“我们先检查一下你身上的东西。”

王十二一怔，随即抬起手来，任由年轻人检查自己。反正什么都没带，检查就检查吧！

在车上坐定，老兵递过来一瓶矿泉水，王十二接过来，拧开瓶盖喝了一大口，漱漱口吐到车外，然后咕咚咕咚把一整瓶水都喝了下去。

矿泉水甘甜，让人浑身舒畅。王十二瞥了一眼包装，看见“农夫山泉”几个字，这种蓝瓶包装的农夫山泉他还从没见过。

他随手把瓶子放在储物格里。

“你认路吗？”老兵问。

“认得，我一直按照指南针的方向往南走，现在只要一直向北就行，就在那片雅丹地貌里，大概有十五千米，我走了三个多小时。”

“身体素质不错！”老兵夸了一句，一扭方向盘，车子越过路坎，沿着车辙向北开。

“你们所有的带电设备都没电了，是不是这样？”年轻人突然问。进了车里，他就把挡脸的头巾拉了下来，面孔看上去很英俊。

“对，一下子就没电了。”王十二顺着年轻人的话回答，“就那么一下子，车就熄火了，也不知道是怎么搞的，停车一检查，电瓶一点电都没有，手机也没电，连手电的电池都没电了，我明明出发前充满了的。简直不可思议！”回想当时的情形，王十二仍旧觉得心有余悸，当发现所有的电池都没电后，他和罗玉玲别提有多惶恐了。原本充满探索乐趣的野外旅游顿时变成了一场惊魂冒险，搞不好就会陈尸荒野。

“这还起风了，幸亏遇上你们……”王十二喃喃地说。

“你这是打算到公路上碰运气？”老兵问。

“最坏的情况，我走到冷湖镇，一天一夜总能走到了。”

“你太高估自己了。这种天气，晚上肯定降到零下十摄氏度，风又这么大，你不被冻死才怪。”

王十二默然不语。这一路走过来，他几乎耗尽了体力，走一天一夜到冷湖镇，显然是个不切实际的想法。

“你到了冷湖镇也没有用，冷湖镇也失去了所有的电力，”年轻人继续说，“我们就是来调查的。”

“你说冷湖镇上？”王十二惊讶地看着年轻人。

“对啊。不仅是冷湖镇，你看见那个风力电场了吗？整整六百架风车，他们建了一个六亿安时的储电站，结果也是一瞬间就没电了。所有的电都消失得干干净净，这地方成了电网的一个窟窿，差点把西北电网都弄崩溃了。”

王十二惶然地看着对方，不知道该说什么。

这听上去像是一场大灾难。

“所以就算你到了冷湖镇，也没人能帮你，他们连自己都帮不了，现在镇上一辆能开的车都没有。”老兵补充了一句。

“多亏遇见你们！”王十二再次说。事态比他想象的更严重，这种怪事居然也发生在冷湖镇上。

越野车爬上一个陡坡，路面变得颠簸不平。

“事情发生的时候，你有发现什么异样吗？”年轻人问。

“没有啊，”王十二回答，“当时我光顾着开车。”

“没有看到什么异常的光吗？像闪电一样？”

王十二摇头，然而猛然间想起什么，“对了，我朋友说她像是看见了有什么光一闪。”

“你朋友？”

“就是我们要去救的那个，她叫罗玉玲。”

“她怎么说的？”

“就是感觉到有光一闪，她问我有没有看到。那是车停后我们下车她说的。”

“这个我要记录一下。”

年轻人从口袋里掏出一个手机般大小的物件，熟练地展开，一个A4大小的屏幕出现在王十二眼前。它如纸一般轻薄柔软，半透明，有着玻璃一般的质感。

王十二颇为惊诧，这种折叠屏幕他只在科技新闻里看见过。

“你这是折叠屏吗？居然已经有产品了？”王十二问。

“这是几年前的产品了，”年轻人不以为意，“你没用过吗？”

王十二看着那屏幕，眼中满是羡慕，“这是给军队特制的吧，我还从来没见过。”

年轻人皱了皱眉，瞥了王十二一眼，不再说话。

他很快打开屏幕，开始输入字符。屏幕半透明，隔着屏幕，王十二能看见一个个字在屏幕上蹦出来。淡淡的蓝色光线映着白色的字，看上去漂亮极了。王十二不禁多看了几眼。

年轻人抬起头来，对着王十二说：“现在你就是我们的目击证人，我要记录你的目击报告。你是什么时候进入无人区的？”

“就是今天一早，我们大概六点半从冷湖镇出发，沿公路开了半小时，然后就下了路……”

王十二说着，年轻人运指如飞，飞快记录。

王十二突然停了下来。

年轻人抬头，“怎么了？”

王十二指着屏幕，隔着屏幕，虽然每个字左右都颠倒了，却还是能读出来：“2048年4月21日，你打错了！”

“没错啊！”年轻人有些纳闷儿地看着王十二。

“应该是2018年！”王十二更正他。

年轻人的脸上掠过一丝惊异，“2018年？你说什么？”

“今年是2018年啊！”王十二重复，心头也疑虑万千，这年轻人不像是在开玩笑，可今年是2018年，肯定没错啊！

年轻人原本摊开放在键盘上的手半握成拳，两眼直直地看着王十二。

原本在开车的老兵把车停下，回过头来，看着王十二。

一时间，车内的气氛像是凝固了。

老兵盯着王十二的眼睛，表情异常严肃。

“今年是2048年！”

这句话在王十二的耳朵里轰鸣。

冷湖镇

冷湖镇的大街上没有车，也没有人。

这个镇子也被称为火星小镇，至少王十二来到这里的时候还是如此。因为距离镇子不远有一个火星模拟训练基地，也因为距离镇子五十千米的俄博梁地区，风沙凶猛，经历千万年雕琢出魔鬼城一般的雅丹地貌，犹如火星。俄博梁周围没有人，没有绿色，是名副其实的生命禁区，于是距离它最近的冷湖镇就代替它成了火星小镇。

这个高原小镇还有两个特色：一是它的彩虹琴键墙，沿着主干道，所有的建筑外墙都涂着一道道钢琴键般的纯色条纹，从东向西，颜色按照赤橙黄绿青蓝紫的顺序变化，正是彩虹的颜色。第二个特色就是冷湖塔，它原本是座纪念塔，为纪念曾经在冷湖油田上生活奋斗过的十万冷湖人而建，后来向游人开放，成了一处观光塔。塔高一百八十八米，在一片平坦的戈壁荒漠中隔着五十千米也能望见。

王十二透过窗户望着远处那高耸的铁塔。直到现在，他还是不敢相信自己居然真的到了2048年。平白无故丢失了三十年，自己早就成了失踪人口，连身份都没有。

然而，昨天他就住在冷湖镇上，镇上根本没有铁塔。

昨天，罗玉玲也明明就在自己身边。甚至当车子被困在俄博梁的风沙中，自己离开去寻找救援时，罗玉玲还安慰他，不会有事。

现在，罗玉玲却连同那两辆越野车一起，踪影全无。俄博梁奇形怪状的巨石之间，除了风沙，别无他物。

如果真到了2048年，那么也只有自己一个人来了。

王十二心头泛起一股酸涩。

回头看看房间，这正是昨天自己下榻的房间，原本是简单的青年旅社，一间房间里放着三张高低床，可以睡六个人，现在已经成了豪华宾馆，一张两米宽的白色大床，一块四米长的巨大屏幕，嵌在墙内几乎占据了整个墙面，一体化的卫浴设施……设计简洁明快又不失精致，带着一股浓浓的太空感。

桌上放着矿泉水，王十二打开一瓶喝了两口。这水的包装和自己在军车上喝到的一样，水还是那个水，然而三十年的时间，让它的面貌都变得认不出来了。

王十二苦笑了一下。

跨越三十年时间，自己成了老古董，被关在笼子里供人观赏。

他走到门边，拉了拉门把手。

把手岿然不动。

军方的人说，为了保护他的安全，限制他只能在房间里活动。

他退了回来，一屁股坐在沙发上，半躺着，抬头望着天花板。

忽然间，眼前一黑，像是有无数颗金色的星星冒出来，一闪一闪的。

王十二眨了眨眼睛，星星立即消失了，眼前仍是一片雪白的天花板。

这可不是什么好迹象，像是大脑短暂缺血的症状，或许是高原反应吧！

王十二定了定神，把手伸向电话，想找人要一点消除高原反应的药。正当他的手落在电话上，耳边传来“咔嗒”一声响。

他扭过头，只见窗外站着一个黑影，手中端着窗户玻璃，另一个黑影正从洞开的窗户里跳进来。王十二只觉得脖子上微微刺痛，一股强烈的睡意随之涌来，世界像是在一瞬间被排斥在外，天旋地转。

来者不善！

凭着一点残存的意识，他用尽全力去抓电话。

找到任何一个人都好。

黑影一闪，他只觉得自己的身体被狠狠地一拽，电话也随之滚落到地上。

王十二哼了一声，倒在沙发上，人事不省。

冷　湖

天空蓝得没有一丝杂质，远方传来依稀的鸟鸣。风吹草动，耳边响起一阵窸窸窣窣的声音。

王十二猛地坐起来。

他正坐在一片枯黄的草场之中，放眼望去，枯黄的草甸直铺到天际，和远山连作一片。

阳光有些刺眼，王十二狠狠地眨了眨眼睛。

几只鸟儿掠过天空。

是黑颈鹤！

王十二下意识地转过头去，在他的身后，一汪碧蓝的水静静地依着雪山。

这里是冷湖。几天前的情形仍旧历历在目，那时候有一大群黑颈鹤在湖面上飞。现在没有黑颈鹤，但湖水依旧温润如玉，雪山倒映在湖水中，微微荡漾。

自己怎么会躺在冷湖边？

他想起自己是被两个黑衣人弄晕了，醒来时是在一间漆黑的屋子里，两个鬼影一般的人要给他打针……再醒来，他就已经躺在了湖边。

他感到一阵发冷，万分惶恐，不由缩起肩膀，双手环抱，想缓和一下。

他不明白发生了什么，可也意识到自己不知不觉已经被卷入一场阴谋里了。

那些该死的家伙把自己抛在荒郊野外，现在该怎么办？

不等他多想，远处传来一阵嘈杂，像是有什么东西正在草丛中穿行。王十二站起身，向着声音传来的方向望过去。只见一辆绿色的勇士越野车正穿过草场，向自己而来。

片刻之后，车在身前停下，车上跳下来三个人。

“王十二，你还好吧！”领头的人向王十二打招呼。

正是那天从俄博梁把自己救出来的那个老兵。

老兵走到王十二跟前，仔细打量了一番，点点头：“看起来还好。上车吧！”说完一摆头。

他身后的两个兵立即走上前，一左一右，半推半架地拉着王十二就向车里走。

王十二挣开两人，“这是怎么回事？我怎么会在这里？”

“先上车，我慢慢和你说，不要急，我们是来保护你的。”老兵安慰他。

“保护我？”王十二根本不信，他只觉得自己掉进了陷阱里，本能地抗拒，“我连你是谁都不知道！”

老兵愣了愣，伸出手来说：“一回生，二回熟，我姓唐，你就叫我老唐好了。”

王十二并没有握住老唐伸过来的手，反倒往后缩了一缩，突然脚下一空，摔倒在地。

他一屁股坐在了烂泥地里，地下“滋”地一下冒出一股水，地上有花白的盐碱，和着泥水粘在王十二身上，弄得他狼狈不堪。

老唐慌忙上前拉住他。

"啊，你小心点！这片算是沼泽，陷下去可就危险了。"

王十二拉住老唐的手，站起身，他并没有放开老唐，反而抓得更紧，"这究竟是怎么回事？"王十二几乎要哭出来了。

"不急，不急。我们慢慢说。"老唐拍拍他的肩膀。

"你们看！"一个士兵突然喊，手向着空中一指。

众人都抬头望去，只见天空中有一团明亮的光，不太刺眼，可以用肉眼直视，它悬在湖水之上，并不算太高。

"那是凝聚光团吗？"另一个士兵问。

没有人回答。

但王十二确定那不是云。它有着锐利而清晰的边界，就像蓝天被剪出了一个窟窿，温和的光从那窟窿里泄漏出来。那是一个完美无缺的圆形。

这是冲着我来的！

王十二的心突然抽紧，他说不出任何缘由，却相信这一定是事实。

"啊！"一声短促的惨叫传来，一名士兵直接倒在地上。

接着又是几发子弹，没有击中人，打得周围的草地噗噗作响。

"快上车！"老唐一把拉着王十二就往车上跑，打开车门，将王十二塞进车里。

子弹追了过来，打在车上，砰砰作响。

老唐掏出手枪，向着枪声响起的方向放了两枪，冲着剩下的一名士兵喊："你开车！"说着弓下身子，拉住地上动弹不得的战士，使劲拖进车厢里。

勇士越野车原地掉头，飞快加速。

几个人影从草丛中站起来，一边追着车跑，一边放枪。

老唐抓起对讲机喊："洞幺洞幺，我是幺七四，遭到偷袭，请求支援！"

"幺七四，报告对方情况。"

“大概十名武装人员，身份不明，武器为自动步枪，其他情况不明。”老唐一边机警地扫视着窗外，一边报告。

“三架雷霆无人机已经向你处出发，大约五分钟抵达。”

“好，看样子是些信徒，尽量活捉。”

王十二透过车窗向外看，只见草丛间又蹿出来十来个人影，他们并没有向着越野车开枪，而是转而拦住了追击车辆的人。两伙人并没有彼此开枪，追击的枪声停了下来。

越野车依旧向前狂奔，扬起滔天尘土，转过一个小土坡后，追击者失去了踪影。

天上传来低沉的轰鸣，王十二抬头，只见天空中一个小小的黑影掠过。“幺七四，报告你的情况！”对讲机里传出声音。

“我们摆脱了追击，暂时安全。车上有伤员，背部中枪，伤势严重。”

“急救直升机已经前往接应，基地将直接控制你车上的A30。”

“幺七四明白。”

老唐话音刚落，只见一架螺旋桨无人机从车顶飞出，向着远处的沙尘而去。

受伤的战士大口大口地喘气，血水浸透了急救绷带，渗到了座椅上。老唐扶着他，不断安慰。

王十二惊魂未定，一直到车开出草场进入一片沙地后，才缓了口气，逐渐平静下来。

车在荒漠中疾驰。

窗外，远远可以望见残破的城市。这是曾经的冷湖市，当年有石油的时候，据说有超过十万的人口，现在则是一片废墟，只剩下一些残断的土墙，在这片荒漠中逐渐被湮没。

猛然间，原本晴朗一片的天空变成了漆黑的夜空，满天星斗下，荒漠中的废墟显得格外凄凉。

王十二惊异地睁大眼睛。

“老唐，你看见了吗？”他转头向着一旁的老唐喊。

“什么？”老唐抬头看着王十二。

“整个天空都变黑了，都是星星。”王十二指着窗外。

“你说什么？”老唐的脸上满是疑惑。

“天变黑了！”王十二几乎是在大喊。

“外边是白天啊！”老唐困惑地看着王十二。

一些不可思议的事情发生在自己身上了！王十二再次向窗外看去，天空果然仍旧碧蓝。

但他确信无疑，刚才天空的确变成了黑色，他看见了满天的星星，甚至还有灿烂的银河。那是幻象吗？

好吧，如果一个人能瞬间从2018年跑到2048年，看见一些奇怪的幻象也就不算什么了。自己就是这个时代的怪人。

王十二做了一个深呼吸。

从现在开始，就安心做一个奇怪的人吧！

车拐上一条小道，地势变得有些向下，这是一块小小的盆地，周围的地势较高，远远望去，高地就像是连绵不断的雄伟城墙，将盆地团团包围。最引人注目的是盆地中央的建筑群，大大小小的半球形白色屋子，在灰褐色大地的衬托下像是一个个半埋在土中的蛋。

荒凉的不毛之地，全密封的球形建筑，这简直像是一个火星殖民地。

一道路障横在前方，车一点也没减速，向着路障直冲过去，路障自动移开。

王十二看见了路旁巨大的招牌。

“地中四基地”，一人多高的金色字体在阳光下闪闪发光。

地中四基地

王十二枯坐在一张硕大的办公桌前。

桌子对面只有一张椅子，椅子空着，似乎是在等着某位大人物。

王十二抬头看了看老唐。老唐就站在身旁，身体笔直，就像站岗的卫兵一样，连眼神都没有一丝游移。这真是一场超级尴尬的会面，自己从来没有经历过这样的场合。

一旁的门悄无声息地打开，进来两个人，一个穿着军装，是个军官，另一个则穿着白大褂。王十二认得后边那个，正是刚替自己做了身体检查的医生。

军官在对面的椅子上坐下，医生拉了一把椅子，坐在侧旁。

军官向着老唐点了点头，老唐敬了一个军礼，转身迈开步子。

“等等！”王十二喊住老唐，扭头向着军官说，“能让老唐留下吗？我在这里只有他一个熟人。”

军官看了看老唐，“那你就留下吧。”

老唐再次敬了一个军礼，仍旧笔直地站在原地。

从天花板上降落下一个半透明的屏幕，横在王十二和军官之间。屏幕上，出现了王十二的照片和大段的文字。

军官开口了：“王十二，男，三十二岁，2018年4月21日在俄博梁地区失踪，失踪时租用一辆丰田汉兰达四驱越野车，同行人罗玉玲，证实事发当时该人离开车子，徒步前往公路寻求救援……”

听到罗玉玲的名字，王十二嘴角微微抽动，军官的声音成了模糊不清的混响，他再也听不进去。

“这是你吗？”念完了卷宗里的文字，军官开口问。

“是我。”王十二回答的声音有气无力，像是一声叹息。

从2018年到2048年，三十年的时间就这样蒸发了。他看着屏幕上的照片，照片里的人也正看着他，两个人一模一样，只是相隔了三十年的时空。

“你的父母到青海找过你，没有找到，他们都已经去世了。”

王十二心头涌过一阵哀痛。这个世界上已经没有他的亲人了，父母故去，曾经的女友早已嫁人，恐怕孩子都已经快三十岁了。世界还是那个世界，却早已不是他的世界。

“不要跟我说这些没用的。你们想要我做什么，直接说。”他不想再听任何关于过去的消息。

军官微微点头，表示理解。

“我还是要从你的失踪开始说。你失踪的当天，冷湖地区发现了异常的强烈电磁辐射，那是一个定向的超高频信号，指向特定的方向，但在那个方向上，我们也没有发现任何异常状况。但是……”军官停顿了一下，透过屏幕看着王十二。

王十二被这突如其来的中断吸引了注意力。“但是什么？”他问。

“但是电磁辐射发生的位置，正好是你和罗玉玲出事的地方，你们租的两辆车上都带了强烈的辐射。”

“辐射？”王十二惊讶地看着对面的军官，“那罗玉玲岂不是受到了辐射？”

军官点了点头说：“没错，我们找到她的时候，她身上也带了辐射，我们几个战士也受到了辐射污染，为此北京还派专人来调查。”

“那她怎么样了？”王十二关切地问。

“还好，在解放军医院监护了两年，出现了一些辐射症状，但没有危及生命，后来就让她回去了。她没事。”

“哦，那还好！”

“我们找不到辐射源，按照专家的说法，出于某种未知的原因，现场周围三百米的圆形区域内大约有3%的铁原子被转化成了不稳定的同位素，这种铁同位素半衰期只有八小时，当时如果不是因为机场的安检发现罗玉玲的行李异常发亮，我们很可能就会错过这个发现。当然直到今天，这种铁是怎么转化成放射性同位素的，科学家没有任何解释。”

“我的失踪和这个有关？”

“我们不知道，我只是根据上级指示，要把情况和你说清楚。专家团分析下来，高度怀疑这个辐射事件和当时的强烈电磁信号有关，因为发生的时间和地点太过巧合，信号中心区就是你失踪的地点，也就是我们找到罗玉玲和两辆车的地点。信号发生在2018年4月21日上午7时42分，你的失踪时间我们无法确定，但也就在七点到八点之间。”

王十二一边听军官说话，一边回想。那天早上突然断电，的确是发生在七点多，然后自己就离开了车子，七点到八点间，这个军官说的一点也没有错。

“所以这就成了一个悬案，直到现在我们发现你，这三十年的工夫算是没有白费。”

“都三十年了，你们还在找我？”王十二有些疑惑。

“当然不仅是在找你，我们做的事还很多。包括这个基地，也是在那次事件之后才建立的。我们在冷湖成立了研究所，对外保密，叫作111所。你的下落，是这个研究所重点关注的目标之一，各路专家都以为你被某种神秘的力量带走了，提出了各种假说，但谁都没想到，你居然是被带到了三十年后。”

军官停顿下来，叹了口气，又说：“这整件事，已经远远超出我们的理解了。一种不知名的力量让你跨越了三十年，这不在我们的物理学框架内，所以，现在你突然现身，我们也毫无头绪。只能走一步看一步了。”

说完他转向医生说："吴医生，你和王十二说一说身体检查的结果吧。"

"好！"吴医生站起身，伸手在中央的大屏幕上滑动，一个硕大的人脑剖面图出现在屏幕上。

"精细CT扫描没有发现你的大脑里有任何异常，至少在生理上看不出什么病灶，但是根据你的描述，我们发现你的前额叶和视觉中枢之间的脑区有些膨大，你的这个部位比一般的大脑要厚实，我们分析这应该是一种增生的迹象。脑细胞的分裂生长一般在十八岁到二十岁左右就停止了，如果真的是增生，那就是一个反常现象。不过也有可能，你的大脑本来就是这样。"

屏幕上的图片转化成全身图像，心脏、肺、肠胃……一个个脏器依次被高亮显示。

"你的所有脏器功能都很正常，免疫系统活跃，新陈代谢旺盛。从医学的角度来说，你是一个完全健康的人。"

"谢谢！"王十二回答。

吴医生看了王十二一眼，不知道为什么，王十二觉得那眼神有点怪异。

"好了！"军官站起身来，"今天先这样吧，信息量有点大，你先好好休息一下，你的房间里有很多影视剧，资料显示你喜欢看谍战剧，我们给你挑选了最近三十年的优秀谍战剧，你可以看看剧，把这些烦心的事先放一放。"说着，他开始往外走。

"为什么我会被绑架？"趁着军官还没走出门，王十二大叫。

军官很快地扫了吴医生和老唐一眼，最后看着王十二说："这个事，我们还在进行调查，明天我会告诉你具体情况。"

他顿了顿，说："你在这个基地里，会受到很好的保护，这种事不会再发生了。"

午夜奔逃

已经快深夜了，王十二却怎么都睡不着。

他躺在床上，望着天花板，仔细思考这三天来的种种遭遇。在宾馆住了一个晚上，他就被两个黑衣人带走了，人事不省，再次醒来就在冷湖边了，甚至老唐把他从冷湖救出来，还遭遇了埋伏。

一个势力庞大的团伙想要他的命，他们连军队都敢伏击。想到这点，王十二就不寒而栗。2048年，恐怖团伙居然发展到和军队公然叫板的地步了?

至少有军方在保护自己。王十二宽慰自己。

在这个地中四基地，应该不会有什么人敢惹军队。

但潜藏的恐惧却始终无法消除，他翻来覆去地睡不着。

他想起冷湖上空的那团光。那绝对完美的圆形，令人过目不忘。

猛然间，他仿佛置身荒野，周围一片漆黑，只有头顶的星空灿烂，无数的星星璀璨夺目。

王十二惊恐地坐直。

这怎么可能，自己明明在屋子里，躺在床上。

没错，他仍旧在屋子里，手掌可触及柔软的被褥。

然而他根本看不见床，也看不见被褥，他只能看见星空，星空下漆黑一团，什么也没有。

这是幻觉！自己的眼睛看不见眼前的事物，大脑却看见了一些不该出现的场景。

王十二狠狠地眨眼，希望这幻觉立即消失，然而没有用，他仍旧身在漆黑的荒野之中，伸手不见五指，只能看见星空璀璨。

稍稍平静之后，王十二开始打量那些星星。银河横跨天脊，如瀑布一般雪亮。

不对！王十二猛然警醒，这不是银河，夜空中的银河没有这么醒目，尘埃云遮挡了银河的光辉，让它看上去显得朦胧暗淡。但这是星星的瀑布没错，仔细辨认，仍旧能在密密麻麻的星星间找到一颗颗亮点。

它比银河壮观一千倍！

或许，没有尘埃云的遮挡，银河就该是如此壮观吧！

星星的瀑布之外，另一颗星引起了王十二的注意。

它并不算是颗亮星，但不断闪烁，在所有的星星中独一无二。

它闪烁着，如同灯塔的光。

王十二眨了眨眼。

整个天幕开始移动，就像是望远镜的视野在不断缩小，将远方的物体拉近。布满星星的天空逐渐淡出视野，如光瀑一般的银河最后也没了踪影。天空变成一团漆黑，只在天顶的中央有一颗孤零零的星星，有节律地闪烁。

这景象持续了一小会儿。

天空慢慢亮了，而星星渐渐淡去，最后完全消失在白亮的天空中。

王十二看见了屋子的天花板。

视力恢复了！

王十二翻身下床，走到窗户前向外张望，想看看夜空中是不是真的能看见银河。

银色的光映入眸子，他惊讶得合不拢嘴。

窗外的夜空下，圆形的光球静静悬浮，比月亮大了三倍。

正当王十二惊惶不安时，门开了。王十二像见到了鬼一样向后跳开，离门远远的。

一个人影挤进了屋里，随即把门关上。

“王十二，快跟我走。”来人说。

王十二定睛一看，正是上午打过交道的吴医生。

“怎么了？”王十二警惕地问。

“赶紧走，不然就来不及了。”吴医生走上前，想要拉王十二的手。

“你究竟要干什么？”王十二躲开吴医生的手。

“这基地马上就要被轰炸，你不跟我走，就会死在这里。”吴医生无比焦急，“他们要你死，如果还不跑，就太晚了！”

王十二还想说什么，门又被推开了，一个人冲了进来，“怎么回事？我们只有十三分钟。”

王十二一抬头，只见冲进来的人全身黑衣，戴着黑色头罩，手中举着一把乌黑的枪。

“快跟我们走，出去后我再跟你解释！”吴医生满脸焦急。

吴医生看上去真的很在乎自己，况且他们还有枪。

王十二把心一横，说：“我跟你走！”

一行人在午夜的基地中悄悄行走，很顺利就从基地走了出来，外边有两辆接应的车，王十二跟着吴医生上了其中一辆。

夜空中，光球仍在，悬浮在基地上空，悄无声息。

突然间，整个基地警报声大作。

两辆车迅速开到了最大马力，开始狂奔。深夜的荒野没有一点灯光，车头的探照灯光在嶙峋的乱石上晃动，车内颠簸不断。

才走了十几分钟，王十二就已经感到胸口发闷，只想呕吐。他急切地想拉开车窗，却被吴医生一把拉住，“你要干什么？”

“我、我想吐……”一句话刚出口，喉头的酸味已经涌上来，王十二拼命忍住。车窗自动开了，冷风灌进来，吹得人直哆嗦，王十二顾不上许多，扑到车窗上，将头伸出窗外，翻江倒海般地呕了起来。

满胸的烦闷随着呕吐为之一清。王十二缓了口气，向基地方向望过去。天上悬着的光球已经不见了，夜空中，月亮半圆，分外醒目。王十二正想缩回车里，不经意间见到两道火光从天空中划过，向着基地落了下去。

火光一闪，又是一闪。烈焰冲天，爆炸声震耳欲聋，强劲的气浪夹带着沙子，打在脸上生疼，整个大地随之颤抖。

王十二目瞪口呆。长这么大，他第一次如此近距离看见一场剧烈爆炸！

枪击、爆炸、白光、幻觉……这是怎样狂乱的一个世界啊！

王十二忽然觉得脖领一紧，吴医生将他拉回了车里。

“事态紧急，我说的一切你都要记住了。”吴医生急切地说。

荒　园

王十二缩在墙角，静静地听着外边的动静。

枪声不断，在寂静的夜里听上去格外瘆人。每一声枪响都会让王十二心头抽动一下。

如果吴医生告诉自己的事都是真的，那么外边所发生的一切都是冲着自己来的。无意之间，自己已经成了被追逐的目标。他们甚至为此轰炸了地中四基地，那可是个半军事基地啊，还有驻军保护。

这些人胆大妄为的程度让王十二心惊肉跳，他们居然能组织起一支成规模的武装游击队公然向军队挑衅！

只有宗教狂热分子才能干出这种事。

门外传来动静，王十二警觉地盯着大门。

一个人影钻了进来，是吴医生。王十二不自觉地松了口气。

吴医生凑到王十二身边，几乎贴着他的耳朵说话："现在他们都以为你死在了基地，你暂时安全了。我要去找人来，你躲在这里，不要出去，我明天回来找你。"

说完吴医生就要走。

王十二一把拉住他，"他们一定要我死吗？"

"你是被选中的人，是人类和外星人交流的代表，我们都会保护你。"

"他们一定要我死吗？"王十二重复问话。

"那些人是疯了，相信只有杀掉你才能避免地球被外星人占领。但是你放心，他们不会得逞的。"

"那我死掉就行了。"王十二望了望窗外，"我对这个世界来说不过是个多余的存在。"他真心实意地说出这话来，他不想陷在一个提心吊胆的境地中，也不想被人当成工具使用。

"你胡说什么！"吴医生带着几分怒意，"你是被选中的人，不管你是恶人还是正人君子，你现在的身份特殊，你是唯一一个能和凝聚光团发生感应的人。这不是你一个人的事，是全人类的事。"

王十二默然不语。

"我会回来的，在这里等着我。"吴医生说完悄然离开。

光从窗户照进了屋子。

王十二抬头向窗外望去。

巨大的光团悬浮在夜空中。

从地中四基地出来，那光团就消失不见了，此刻却又再次出现。它是跟着自己来的吗？

王十二惊疑不定。

门外突然传来动静，王十二回头，警惕地喊了一声："谁？"

“王十二，是我！”门外的人低声回应。

这是老唐的声音，王十二稍稍放下心来。

老唐猫着腰进了屋子。

“老唐，你怎么来的？”王十二问。

“我趴在你们的车后边，差点没被摔死！”老唐低声说，“这个吴荣贵，居然是个间谍！”他愤恨地骂了一句。

“他救了我，”王十二为吴医生辩解，“也救了你，要不是他带我出来，你可能也被炸死在基地了。”

“怎么说他都是个间谍，叛国！呸！”

“我们别管那么多了。”王十二中止了争论，“现在有一群人要杀我，地中四基地又被摧毁了，你想怎么办？”

“我来保护你，冷湖镇我很熟，你跟我走，我把你藏起来。部队明天就到，到时候那些人一个都跑不掉。”

“那吴医生呢？”

“当然是抓起来，该怎么判怎么判，死了那么多人！”老唐的脸上满是愤恨。他挥了挥手，“现在别说那么多了，趁他们人都不在，我们赶紧走！”

“我不能走。”王十二拒绝了老唐的提议。

老唐难以置信地看着王十二说：“你要干什么？你要跟他们一起叛国吗？”

王十二看了看窗外，巨大的光球仍旧一动不动地浮着。

“它在影响我。”王十二说，“我不是很确定，但它一定在影响我，甚至让我失明，眼前什么都看不到，只能看见幻觉。你知道这光球的来历吗？”

老唐看了那光球一眼，“全世界到处都是关于这种凝聚光团的传说，它时不时会出现，有人把它当作末日启示来崇拜。之前我还从没有真正见到过，但这几天，连续见到好几次。”老唐说着意识到了什么，转向王十二，“不会是因为你吧！”

“它就是冲着我来的。”王十二说，“应该就是它，会让我产生幻觉。所以我现在不能跟你走，我可能马上就会变成瞎子，我失明的时间像是越来越长，如果我什么都看不见，你也没法带我走。”

老唐有些焦急，“那怎么办？你留在这里很危险。”

“放心吧，吴医生把我带到这里，不是想要杀我。我在这里很安全。”

老唐想了想，解开手腕上一条绑带，交给王十二，“放在口袋里，这是军队用的身份识别，你带着它，我就能找到你。”

王十二并没有接过来，而是诡异地笑了笑，说：“我现在已经什么都看不见了。”

老唐伸手在王十二眼前晃动，王十二的眼神茫然，没有丝毫反应，真的和瞎了一样。

老唐将绑带塞进了王十二的衣兜里，说：“我会回来的。”然后转身潜出门去。

老唐的脚步声消失在门外。

王十二抬头，夜空中唯一的星星变得硕大无比，看上去比月球大了一倍。王十二看得分明，那并不是一颗星星。

那是一艘飞船，一艘巨型飞船，虽然并没有什么参考物，王十二却知道它的直径超过一万千米，通体浑圆；它的表面光洁如镜，没有一丝瑕疵；电磁波缠绕着它，强烈的磁场将尘埃和粒子阻挡在上百万千米之外，形成各种形状的闪光；它的内部是一切物质的熔炉，以一种人类从未知晓的方式驱动着飞船，穿行在银河群星之间。

它在星际间游弋了十三亿年。

它曾经降临过地球，那时的地球气温很高，海洋里游弋着巨兽，陆地上满是高大的蕨类植物和身躯庞大的恐龙。

王十二跪倒在地。信息并没有重量，然而海量的信息在一瞬间涌入，那并非人的大脑所能承受之重。

…………

吴医生回来了，一同回来的还有两个人。

王十二躺在冰凉的地板上，瞪大眼睛，看着三个人站在自己身前。

他眼神涣散，像是失魂落魄一般。

吴医生蹲下摸了摸王十二的额头，将他扶起来。

“你怎么样？”吴医生关切地问，不等王十二回答，又接着说，“我们必须马上转移，不然就来不及了。”

王十二毫无反应。

“王十二！”吴医生抓住王十二的肩膀摇晃。

“你们走吧，不用管我。”王十二终于开口。

“你胡说什么呢！我们就是要把你带出去，你是大家的希望。”

王十二直直地盯着吴医生。

“你想知道的不就是外星人嘛，我告诉你它们在哪里。”王十二的语调原本平静，突然间抬高了声调，“但是，你知道了又能怎么样呢？它就在太空里，它想来地球，你又能怎么样？你只能等着，它想怎么样就怎么样！它要是高兴，炸了地球也就是眨眼间的事。”

吴医生被这突如其来的高声叫喊吓了一跳，慌忙示意王十二噤声。

王十二的眼神一下子又涣散无光，漠然坐着，似乎对一切都不关心。

吴医生稍稍犹豫，随即对着身后的人发话：“你来背他下楼，我们尽快走。”

两个人开始拖拽王十二，背着他走出门。

王十二动也不动，任由摆布。

电筒的光在走道里晃动，雪白的墙一闪而过。

突然间，王十二像是一下子活了过来，翻身落地。

“你怎么了？”吴医生赶紧过来问。

“墙上的字，手电筒给我看看。”王十二急切地说。

手电筒的光在墙上晃动，各种涂鸦一闪而过。这是一面涂鸦墙，写满了各种字迹，夹杂着许多留言。

王十二往回走了两步，手电筒的光柱停留在某个位置不再移动。

惨白的光柱中是一句简单的话：

王十二，你在哪里，你知道我有多想你吗？

没有落款，没有日期。

王十二呆呆地看着，突然间呜呜地哭了起来，泪水顺着脸庞往下流，滴到地上。

通道里只有王十二的哭声在回响。

片刻后，吴医生走上前，拍了拍他的肩膀，“我能理解你的感受，但现在我们必须抓紧走，如果军队来了，他们抓住你，会把你关起来，严加看管，你就再也没有机会了。”

王十二伸手抹了把眼泪，转身就走。

这突如其来的转变让吴医生三个人愣了愣，随即回过神来，跟了上去。

转下楼梯，吴医生跟在最后，他回过身，用手电筒最后照了照身后。

墙上的字迹吸引了他的注意，他回头冲着楼梯间的人喊了一句：“你们先上车，我马上来。”说完他掏出手机，就着手电筒的光，拍下照片。

“老吴，快！”楼外在喊。

“来了！”吴医生快步下楼。

一辆急救车穿过冷湖的中央大道，冲进了荒野，它悄然无声，连前灯都没开，就像一个夜行者在荒野中潜行。远处，检查站的探照灯扫了过来，灯光下，荒芜的大地呈现出惨白的颜色，一辆军用吉普车急匆匆地冲进了院子里。

探照灯照亮了院子的门楼，几个残缺不全的字挂在门楼中央，依稀可以辨认出“冷湖中学”的字样。

废　墟

地道的入口巧妙地隐蔽在一堵半塌的墙下边。

如果不是亲眼看见满是碎砖块的地面向两边分开，暴露出洞口，王十二无论如何不会相信在这样的地方，地下会别有洞天。

高原的夜晚，风很冷，从洞穴里涌出来一股暖意。

一个黑衣人从洞口探出头来，招呼他们下去。

王十二弯下身子，向着洞里钻去。

从洞口向下是一段长长的竖直阶梯，阶梯是金属的，摸上去有些凉。

王十二一直向下，过了十多米，一脚踩在实地上。头顶传来哐当一声响，王十二抬头，只见洞口已经重新合上，被封得严严实实。

“跟我来。”吴医生招呼他。

走过一段仅容一人通行的狭窄通道后，眼前豁然一亮，空间一下子宽敞起来。王十二四下打量。

这像是一节火车车厢，大约十多米长，三米宽，顶部呈弧形，两盏灯相隔五六米远，挂在弧顶上，昏暗的灯光照下来，一切像是蒙上了一层暧昧的金色。

车厢里有四个人，围着一张方桌站着，当王十二进到车厢里，他们的目光齐刷刷地望过来。

王十二向桌上瞥了一眼，桌上摆着三把枪，从枪口到枪托浑然一体，枪体乌黑，泛着金属光泽。他们都是武装人员，吴医生和他们是一伙的！王十二心生警惕。

四个人微微颔首，闭上眼睛，伸出右手，轻抚额头，口中念念有词："神的使者将最后的启示带到人间，每个人的灵魂都会得到拯救。"

四个人念得很轻很快，王十二却听得分明。

那么他们都是光明教的信徒。

在从地中四基地逃跑的路上，王十二听吴医生说过，这是2018年之后才出现的组织。2018年后，神秘的凝聚光团在世界各地不断出现，整个世界都为之疯狂，光明教应运而生。而冷湖，这个最早发现光团的所在，就成了光明教的圣地。

三十年来，光明教不断发展壮大，在全球拥有超过两千万的信徒。与任何只能从经书古籍中寻找神迹的宗教不同，凝聚光团的奇迹几乎每年都会出现，这让光明教所宣称的神和末日拥有无可辩驳的说服力。

信徒们宣称宇宙中存在创世的高等文明，而人类只不过是这个文明中微不足道的一部分。当人类的科技发展到足够理解高等文明的水准，末日就将到来，不过这只是旧人类的末日，所有人的灵魂都将被审判，被洗涤，神将帮助人类踏入一个新纪元，成为接近永恒的存在，这是人类文明的升华。在最后的升华到来之前，神会派出他的使者，宣告他的意愿。

四个人完成了致敬礼，当中一个低着头，向着王十二鞠躬，几乎到了九十度，用唱歌一般的语言说："神的使者啊，请带给我们神的旨意！"

王十二有些不知所措。这些可怜的人哪里知道，遥远世界的外星人从来不曾是地球的神。过去不是，现在不是，将来也不是。然而，该怎么回应他们?

王十二向吴医生投去求助的目光。

吴医生向四个人回礼："神的光芒照耀四方，所有人都沐浴他的光芒。神已经送来他的代言人，会在最合适的时候表达他的意志。现在不是时候，明天一早，军队会来，整个戈壁滩连鸟都飞不出去，我们要连夜赶往昆仑山谷，把使者送到安全的地方。"

对方并不坚持，又向着王十二行了个礼，然后说："接应已经准备好了，随时可以出发。"说完他往一旁靠了靠，让出道路，示意王十二向前。

吴医生正想向前，却被王十二一把拉住，"等等，我可以跟你们合作，但有个条件。"

吴医生愣住了，"什么条件？"

"帮我找到罗玉玲。"

"那都是三十年前的事了。"

"你们这么神通广大，难道还找不到一个人吗？"王十二的态度很坚决。

"我一定帮你找到她，但是你现在一定要立即跟我走。"吴医生果断地回答。

吴医生的承诺下得如此之快，以至于让王十二有些迟疑。

"你要相信我！"吴医生继续说。王十二抬眼望去，只见吴医生正坚定地望着自己，眼神里充满了期待。接触不过两天，可直觉告诉他，这是一个可以信赖的人。

举目无亲，身陷囹圄，哪怕自己似乎得到了外星人的垂青，能看见一些光怪陆离的东西，但最需要的，还是一个可靠的人。

王十二想起了老唐。那个老兵无疑是可以依靠的人，但只是忠于职守而已。眼前的吴医生，才是对整个事件有着清晰认识的人。

王十二向前走去。

地球和宇宙，人类和外星人，那些都是很重很重的东西，远远超越了他的思想，超越了他的生命。那些东西，都该留给真正感兴趣的人，而他只想再见罗玉玲一次，告诉她自己就在这里。

吴医生能够信守承诺。王十二相信自己没有看错人。

地下通道里没有灯，全靠手电筒照明。

沿着地下通道走了很久，地势一直向下，通道中逐渐变得有些潮湿，最后地面上甚至有了积水。

“这里居然能挖到地下水？”王十二不禁有些奇怪。

“你的头顶，是整个冷湖。”吴医生并不回头，只是随口回了一句。

“你们把地道挖到了冷湖底下？”王十二颇有些惊异。

“他们用了二十年才完成了这个秘密工程。如果不是信仰的力量，没人能做到。”

王十二愣了一下，随即说：“只有信仰的力量，也完不成这工程。”

吴医生没有搭话。

地道开始转而向上。

又是一段漫长的步行之后，前方出现了灯光。

凑得近了，王十二才看清那是一扇门，门上有个小小的窗户，光亮正是从窗户里透出来的。

吴医生关掉了手电筒，借着窗户透出的光，在一旁的墙上找到了小小的密码盘，飞快地键入几个数字。

门开了。这是一扇厚重的自动门，打开时甚至发出气体泄漏的声响。

王十二随着吴医生走进门里。

这是一个地下仓库，蓝色的、冰冷的光充斥着整个空间，一个个大约一米高的立方体排列成行，码得整整齐齐，让人仿佛置身于微缩的集装箱码头。

吴医生向着那几乎看不到边的立方阵列一挥手，说：“欢迎来到世界上海拔最高的亿安时蓄电场，这里接待过的参观者可都是大人物。”

王十二漫不经心地瞥了一眼。这景象的确颇为壮观，然而和那在太空中疾驰的钢铁巨球相比，连九牛一毛都算不上。更何况，一种熟悉的感觉紧紧攫住了他的整个身心，让他没有任何心思欣赏眼前的壮观景象。

“我们快到地面上去。它在召唤我！”王十二说。

吴医生关切地看着王十二，“你又感觉到它了？”

王十二点头。

他们用最快的速度上到了地面。

一个四米见方的水泥墩立在两人眼前。抬眼望去，水泥墩上高大的风力发电机直冲天穹，巨大的扇叶缓缓旋转，在呼啸的风中保持着一份从容的傲慢。月光倾洒下来，在地面上拉出清晰而粗壮的影子。一座又一座发电机整齐地排列着，绵延到远方的地平线，看上去就像沉默的黑暗森林。

王十二等待着。

它该来了！

刹那间，光团浮现在半空中，地面上亮如白昼。

王十二再次感受到了那汹涌澎湃的力量，信息风暴正向他席卷而来。

不，现在不是时候！他向着那遥远深处的对话者发出呐喊。

下一个瞬间，光团消失了。

风依旧在呼啸，沉默的风车巨人也仍旧不紧不慢地旋转着扇叶，似乎什么事都没有发生过。

吴医生看着王十二，脸上掩饰不住惊讶。

王十二紧紧握着拳头，自从卷入这怪事以来，他第一次感觉到自己的力量。

“帮我找到罗玉玲，我告诉你我知道的一切！”他对吴医生说。

远　途

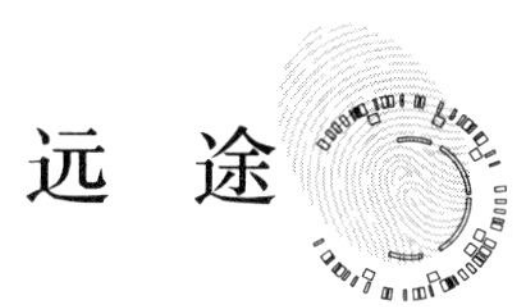

天刚蒙蒙亮，空荡荡的高速上，一辆工程车在疾驰。

前方就是检查站，荷枪实弹的士兵向着司机挥手示意。车子缓缓进入检查站。

“带上身份证，前边安检。”士兵一边对司机喊，一边开始检查挂车。

挂车是暗淡的红色，车身上用白色字体刷着“华强风电”四个字。

车上是两管粗大的风车结构体。

士兵绕着车转了一圈，并没有发现什么异样。

司机已经从安检室出来。

“今天怎么这么早？”士兵问。

“前几天不是突然断电了嘛，这两节柱体当时在安装，结果摔了，要送回去返工。原来说不着急送回去，但昨天老板突然通知我送，恨不得昨晚就让我送过去，说项目进度已经拖了。我赶个大早，他还是骂得我狗血喷头。”

“昨天冷湖镇上出了事，你那边有见到什么异常吗？”

“冷湖镇？我又不经过那儿，那儿怎么了？”

“昨晚十多辆军车开过去，至少有一个连，还有重武器，说是出了大事。”

“大事？大事跟我们小老百姓有什么关系，我还是押我的车。”

两个人说话间，司机已经上了车。

士兵挥挥手，示意放行。

工程车驰过了检查站。

王十二蜷缩成一团，蹲在风车管子里，把司机和士兵的对话听得清清楚楚。冷湖镇出事了？应该就是地中四基地被炸的事。那些疯子为了干掉自己，简直不惜一切代价。

吴医生在管口出现，“出来透口气，暂时安全了。”

王十二艰难地从管子里爬了出来。

外边的空气很清新，王十二贪婪地猛吸了几口。

两个人在车厢里坐了下来。

“还有两个小时就可以到德令哈，到了那里，我会帮你联系罗玉玲，但还是那句话，你必须要听我的安排。”

“我听你的安排。”王十二淡然地回答。只要能够见到罗玉玲，其他的一切他都不在乎。

太阳从东方升起，暖暖的光照在两人身上。朝阳血红，看上去却一点也不刺眼。

两人默默地坐在车厢里，看着朝阳。

“你能看见外星人吗？”吴医生打破了沉默。

“不能。”王十二的回答很干脆，“但是，它们就在那里，我看见了它们的飞船，在太空里飞。那飞船大得令人无法想象，比地球还大，人类创造的任何东西和它相比都不值一提。也许更应该说它是一个星球，能自己飞行的星球。”

“它们在哪里？”

“我也不知道，银河的某个地方，它告诉我一些信息，或许是一些坐标，但我无法理解。我只知道，从那艘飞船上看出去，银河很亮，你能看见银河里无数的星星，可能它更靠近银河核心。”

“我真想自己也能看到。”吴医生露出向往的神情。

王十二看了看吴医生，露出一个苦笑，“我们真该换个处境，外星人怎么偏偏就选中了我呢？它应该选中你才对。”

“哈，这是你命中注定的，我羡慕不来。”吴医生摇头，他抬头望着天空，“我很想去太空看看，但这辈子恐怕都难了。”

“凝聚光团呢？你知道那究竟是什么吗？”吴医生把话题拉回外星人身上。

“我不知道。恐怕又要让你失望了，我原来是学美术的，只知道相对论很牛，但从来不知道那究竟是什么意思，我没那个兴趣。我上中学的时候，物理经常不及格。这个光团，对我来说就像在我的脑袋里装了一架望远镜，可以让我看到那艘大飞船。其他的东西，我真不知道。或许我可以把它画出来。”

“这个主意不错！”吴医生兴奋起来，“你可以把看见的东西统统都画出来。全球的顶级科学家都会感兴趣，他们会排队来见你。”

“我不想见什么科学家，”王十二回答，“这没什么意思。”

他扭头看着吴医生，“你打算怎么帮我找到罗玉玲？她是四川人，家在成都，2018年的时候，她在上海八兄弟文化做编剧……”王十二叹了口气，“但是都三十年了。”

吴医生掏出手机，比画几下后将手机递给王十二。

一张照片展现在王十二眼前，黑漆漆的夜里，一面白墙上横七竖八地写着凌乱的字。

其中一条最醒目：“王十二，如果你能看到这条消息，给我打电话，我会一直等你。”没有落款，没有日期，但王十二能认出那是罗玉玲的笔迹。

“你在哪里拍到的？是在那个学校里吗？”王十二急切地问。

“你们下台阶，我看见墙上有你的名字，就拍了下来。罗玉玲应该找了你不止一次，她的电话号码你一定还记得，但从2035年开始，所有电话实行单一实名，每个人的电话号码都变了，老的电话号码早就不能

用了。”

“那有其他办法吗？”

“当初你的失踪案例的卷宗我看过，有她的个人信息，到了德令哈，我会找我的朋友，我已经和他打过招呼，他会帮忙把罗玉玲档案中所有的信息都转给我。我们应该就能找到她。”

王十二看着照片，熟悉的字迹让他心头泛起一股暖流。他很想再见到这个曾经和自己海誓山盟的女人，但他有一种预感，自己的时间不多了。

他抬头看着吴医生，“有劳你了。请尽量快一点，我的时间不多了。”

“什么？”吴医生有几分诧异。

“自从我昨晚回应了它，我的身体就有些异样，像是有什么东西要把我的脑子撑开，我觉得自己活不长了。”

“那是幻觉。”吴医生安慰他，“你的大脑灰质细胞有一部分增生，会让你偶尔产生幻觉，没什么大碍。”

“不是那么回事，我自己明白。”

吴医生还想说点什么，驾驶室里的司机探出头来说：“快到大柴旦检查站了，你们快藏起来。”

“好！”吴医生应了一声，拉了一下王十二。两个人很快各自钻进一个风车柱体里边。

德令哈

这不是王十二第一次来德令哈，上一次来的时候，罗玉玲还和他在一起。

上一次来的时候，还是2018年。

三十年的时间，德令哈的街道并没有什么大变化，唯一不同的地方，是那被称为“德令哈之眼”的摩天轮成了摩天巨轮，远远地高出城市的天际线，从任何一个方向接近德令哈都能看见。

王十二望着德令哈之眼出神。

巴音河静静流淌，仿佛从德令哈之眼中涌出的眼泪。

王十二的心头像是有无穷无尽的哀伤。

这并非他想要的东西，却让他无法遏抑，就像是身体无法割舍的一部分。

外星人用一种神秘的方式影响了自己。王十二紧紧地攥起拳头。

和那接近永恒的存在相比，一个地球人的生命和意志是多么的渺小。幻象在眼前浮现，这一次不是星空，而是荒漠。

这是一个地势低洼的盆地，四周高地环绕，仿佛一堵堵高大的围墙将这小小的世界圈在其中。人们来到了这里，向着地下深处钻探，高达十米的黑色油柱喷薄而出，石油汇聚成湖……更多的人到来，盖起了砖房，建起了城镇，道路在荒漠中延伸，人们在这里生活、学习、成长、开采石油。地下，沉睡了千万年的机器苏醒，它通体浑圆，和那在太空中飞翔的飞船如出一辙，它似乎没有任何能够探查外部的手段，却在上百米深的地下，默默地感知地上的一切。

石油枯竭，城市开始衰败，在荒原中穿行的车越来越少，人也越来越少。

这是文明的宿命。

王十二紧紧地攥着拳头，哀伤无法克制，眼泪缓缓溢出来，顺着眼角往下淌。

他明白这是那机器传递给他的情感。不仅为人类，也为它所观察过的其他两百六十七个文明。它们分散在银河的各个角落，从边缘到核心，彼此相隔千百光年，从不知道对方的存在。它们有的仍旧朝气蓬勃，有的早已烟消云散。

蛋开始移动，顺着人们遗留的管道上升，破土而出，在荒原上隐没不见。

采样。

一个王十二有些生疏的概念跳入他的脑子里。

那蛋一般的机器并非真的消失了，它在地球四处游荡。美洲，欧洲，非洲，亚洲……繁荣、成长、战争、萧条，它是一只来自世界之外的眼睛，淡然地看着地球上发生的一切。它不断地观察、记录，最后，它回到了开始的地方。

它选择了无人区，设定了启动程序。

两辆越野车驶入了它的影响范围。

…………

王十二站在桥上，望着桥下清澈的河水和河水中晃动的倒影。

自己的命运不过是偶然，但人类的命运就像这条巴音河，向着既定的方向流淌。

或许只有一次机会，能改变河流的走向。

“你怎么哭了？”吴医生扭头看见王十二正悄然流泪，大为惊讶。

“你的朋友什么时候能到？”王十二并不理睬吴医生的问题，反而提问。

“大概还有半小时。”

“我去那边走走。”王十二说完自顾自地向着河堤走去。

吴医生想要拉住他，伸出手却又缩了回来。

河堤边是一座纪念馆，仿古建筑，纪念一个叫海子的当代诗人。

王十二听说过海子，也就仅仅是知道而已，他对现代诗从来不感兴趣。然而罗玉玲感兴趣，做旅行计划的时候，说好了从冷湖回来要参观海子纪念馆，他也答应了。

王十二在纪念馆的台阶下站了一小会儿，走开了。

纪念馆的旁边是一片碑林，形态各异的碑石沿着小径排列。

王十二走进了碑林。碑上都刻着海子的诗。王十二一边走，一边读，渐渐放缓了脚步。

最后，他在一块硕大的大理石碑前停下了脚步。

碑上刻着一首诗，名为《日记》，王十二轻声地把它念了出来。

姐姐，今夜我在德令哈，夜色笼罩
姐姐，我今夜只有戈壁
草原尽头我两手空空
悲痛时握不住一颗泪滴
姐姐，今夜我在德令哈
这是雨水中一座荒凉的城
除了那些路过的和居住的
德令哈……今夜
这是唯一的，最后的，抒情。
这是唯一的，最后的，草原。
我把石头还给石头
让胜利的胜利
今夜青稞只属于她自己
一切都在生长
今夜我只有美丽的戈壁 空空
姐姐，今夜我不关心人类，我只想你

落款时间为1988年。

王十二的心在颤抖。

1988年，海子写了他的诗；2018年，自己和罗玉玲失散在俄博梁；此刻是2048年，自己站在这碑前，似乎和诗人心意相通。冥冥之中，这是天意吗？

石碑上刻着海子的头像，厚实的方框眼镜后边，一双清澈的眼睛，对这个世界报以永恒的微笑。

我不关心人类，我只想你！然而，我又怎么能不关心人类，既然已经看见了，就不能装作没看见！

王十二蹲下身子，他开始抽泣，泣不成声，最后干脆放声大哭。

吴医生急匆匆地跑过来，拉起王十二，“我们必须马上走，不然就晚了！”

王十二站起身，抹了抹眼泪，正想问问是怎么回事，吴医生一把拉着他就跑。

两人顺着河堤跑了一段，跑到街上。一辆黑色轿车停在路边，吴医生拉开车门，将王十二推进去，随即跟着坐进了车里。

车里没有司机，座椅异常宽敞，车门一关上，车子就立即启动，飞快加速。王十二和吴医生都跌在后座上。

“究竟怎么了？”王十二问。

“他们追来了。”

“谁？”

“军方的人。我不想闹出什么麻烦，我们要尽快离开德令哈。”

“我们现在去哪儿？”

“机场。”

吴医生话音刚落，车子突然紧急刹车，两人狠狠地撞上了前座的靠背。王十二爬起来向窗外望去，只见一个士兵正隔着玻璃用枪指着自己，而更多士兵正迅速地把车子包围起来。

突然间，王十二看见了老唐，他正从一辆军车里下来，快步向着车子走过来。

王十二一下子明白过来，是老唐追踪到了自己。

吴医生推开车门，哗啦啦十几条枪指着他的脑袋。他缓缓站起，向着四周望了望，平静地说：“你们的长官呢？我要见他。”

老唐走到了吴医生面前，带着冷笑开口：“吴医生，我们又见面了！”

吴医生冷冷地瞥了老唐一眼，“王十二是重要人物，我要带他去北京，把你们的长官请出来，我会向他解释。”

“想要解释，到军事法庭上解释吧！”老唐说着向一旁的两个士兵使了个眼色。

“等等！”吴医生伸手挡住了两个士兵，想将手伸到衣服的内口袋里。

两个士兵迅速扭住他的胳膊，将他拉开，摁在了车的后箱盖上。

“别乱动！”士兵警告他。

“我只是想出示证件，在我的内口袋里。”

士兵快速搜身，找到了吴医生所说的证件，交给老唐。

老唐看了一眼，微微皱眉。

“看好他！”他吩咐士兵，然后弯下腰，看着车里的王十二，“你没事吧？”

“我没事。”王十二摇头，“吴医生是个好人，不要为难他。”

老唐冷哼了一声，说道：“他是不是好人，我们会查个清楚。你下车吧，我们把你带到安全的地方去。”

王十二下了车，回头看了吴医生一眼，吴医生也正在看着他。

“我们去哪里？”王十二问老唐。

“机场。我的任务是找到你，把你送到西北军区总部，那里绝对安全，没有这种疯子。”

“护送王十二是我的任务！”吴医生大叫起来，摁着他的士兵用枪口顶了顶他的脖子。

“我哪里也不去了，我要回冷湖。”王十二郑重地说。

“这我可做不了主。”老唐面露难色，“把你送到总部是军区大本营的命令。”

王十二抬头望着远方，德令哈之眼在正午的阳光下熠熠生光。一切因果清晰地浮现在头脑里，他作出了决定。

“今天就是最后的时刻，我必须去冷湖。”他看着吴医生，“错过了今天，不会再有第二次。如果你能找到罗玉玲，帮我转告她，我看见了她留下的话，我一切都很好。”

老唐的通话机响了起来。

老唐接起电话，脸色肃然，时而说一声“是”。

挂掉电话，老唐冲着车旁的士兵挥了挥手，说：“放开他。”

吴医生站直身子，整了整衣服。

老唐走到吴医生跟前，把证件递过去，“我接到命令，由你来接替王十二的护送任务。从现在起，我就和这个任务无关了。”老唐沉着脸，说完向王十二看了一眼，“对不起了！”

军队的撤退和他们的到来一样迅捷无比。

“我们快走吧，北京有人在等我们。”吴医生对王十二说。

“你当然可以送我去，但那毫无意义。它要走了。”

“什么？”

“外星人，它要走了。”王十二盯着吴医生，“你可以把我送去北京，完成你的任务，我想你是一个双面间谍，明里替光明教卖命，潜伏在地中四基地，暗中是政府打入光明教的间谍。我相信你有职业操守。”王十二笑了笑，“我也相信，你一心一意想要解开这个谜团，能和来自外星的高等文明接触，这是划时代的事。送我到冷湖去，你就是时代的创造者。”

吴医生沉默着。

“现在它要走了，这是一个选择的时刻。我已经作出了决定，我是这个世界上多余的一个人，哪怕对罗玉玲，我也是多余的。我可以用这个最后的机会帮助人类。你也要作出选择，送我去冷湖还是北京。”

吴医生嘴角抽动，“一定是今天吗？”

“晚上九点四十五分，我们赶回去还来得及。”

吴医生一咬牙，“上车，我们去冷湖！”

王十二笑了。

“谢谢你！”

远　方

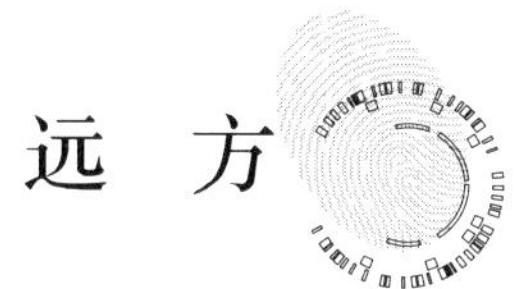

车在路障前停下。

一队荷枪实弹的士兵站在路障后边，警惕地监视着车子的动静。

“车主请掉头，前方是军事封锁区，禁止一切车辆驶入。”高音喇叭不断重复着同一个消息。

王十二下了车。

士兵们几乎条件反射般地把枪口对准了他。

吴医生跟着下了车，一半的士兵把枪口瞄准的“福利”转到了吴医生这边。

王十二高举双手，向着士兵高喊：“我要去冷湖，外星人在那里。”

从一旁的帐篷里走出来一个军官，向他们甩甩手，“赶紧退回去，这里是军事封锁区，你们听不懂吗？”

“我要去冷湖，外星人的目标就是我。”

军官眯着眼睛端详王十二，“你没毛病吧，看样子你也不像是个信徒啊！”

吴医生走上来，将自己的证件递过去，说：“我们有行动任务。”

军官翻看证件，脸上露出狐疑的神色，抬眼打量着吴医生，“情报局一级警探，你的级别还蛮高的嘛！但情报局和我没有关系，我只服从上级指令。”

“这件事关系重大，如果耽误了，你负得起这个责任吗？”吴医生试图从气势上压倒对方。

军官冷笑，“别跟我来这套！你们情报局惹事，都是军队替你们擦屁股，我告诉你，没有上级指令，谁也别想从这里过去。”

王十二抬头望着天空。

天空中一瞬间现出一团光球，静静地悬浮在众人头顶。这一次，光球距离地面特别近，只有十多米的高度，仿佛压迫在头顶的一座大山。士兵们骚动起来，队形有些散乱，不知道谁开了第一枪，所有人开始向着那巨大的球体射击。

子弹没入其中，光球没有丝毫动静。

“都住手！”军官暴怒。枪声立即停了下来，然而所有人的枪口仍旧指着那光球，虽然明知道毫无效果，但这个动作似乎仍旧能提供一些安慰。

“这是你搞的鬼？”军官转向王十二。

“外星人就在那里，我必须赶过去。”王十二答非所问。他仍旧抬着头，望着天空，眼中茫然无物。

一辆军车疾驰而来，在检查站急停，轮胎发出刺耳的摩擦声。不等车子停稳，一个人影已经从车上跳下，向着检查站走来。

“让他们过去！”来人说。

来的人是老唐。

军官见是老唐，脸上的表情缓和了一些，说："没有上级命令，不能让任何非军事人员进入控制区。"

"总部有指令，让他们过去，我会负责监视他们的行动。你可以查看735号作战指令，十分钟前刚颁布。"说话间，老唐已经走到了王十二身旁。

军官看了一眼手中的仪器，抬头向着一旁的士兵点头示意。

路障自动移开。

"走吧！"老唐催促王十二。

王十二站着不动，"我现在看不见。"

老唐扶着王十二，"我扶着你，跟我走。"

光球消失了。它的消失和到来一样只在眨眼之间。在场的士兵显然有些惶恐，彼此相互观望。

老唐扶着王十二坐进了自己的车里，回头盯着吴医生，露出憎恶的表情，"你老实点，别耍花样！"说完自顾自地上了车。

吴医生无奈地苦笑一下，坐进自己的黑色轿车里，跟在军车后。

军车驰过路障。

"去哪里？"老唐问。

"冷湖。"王十二木然地回答，两眼仍旧无神。

"那里正在交火，现在去不合适。"

"就是现在去，再晚外星人就走了。"

"但是交火地带很危险。"

"不用担心，我不会有事的。"

王十二沉默了一会儿，问："吴医生呢？"

"他在后边的车上。"

"麻烦转告他，他答应我的事，别忘了。"

"好，什么事？"

"他知道。"

王十二说完摸摸口袋，掏出了一条绑带，"这个还给你，我想它对我也没用了。"

老唐接过来，欲言又止，最后终于忍不住说："你怎么说得像是在交代后事！"

王十二抬起头，茫然无神的双眼眨了眨，露出一个苦笑。

"这是我的命运。"他对老唐说，又像是在自言自语。

他失明的双目望着遥远的时空，银河间，无数的星辰燃起又熄灭，他仿佛正透过无数的星辰，看见宇宙的过去，现在和未来。

命运之神在招手。

神　迹

碧蓝的冷湖旁激战正酣。

隔着很远，就能听见激烈的枪炮声和爆炸声。

一路上过来，王十二已经听老唐把战场情况说了一遍。

军队占据了绝对优势，自动火炮和无人机把那些光明教的人炸得毫无还手之力，只能龟缩在地下负隅顽抗。优势火力无法进入地下，战斗也就陷入了僵局。偷袭和反偷袭，一时间竟然成了前线的主要战斗模式。

和一群宗教信徒僵持不下，甚至有所伤亡，这让指挥战斗的李上校很上火。在他眼里，消灭这些非正规武装应该像用热刀切开黄油一样容易，事实却是部队像是一口咬上了一块石头，差点把牙磕掉。

"上校不会让你过去的，他绝不会允许一个平民去送死。"老唐说。

“我不是平民，我只是一个没有身份的人。”王十二淡然回答。

“我看吴荣贵也不会让你去送死，那些人想要杀掉你，你过去，他们岂不是求之不得？”

“他们有些人想杀我，有些人想把我当作神，但不管他们怎么想，我只想把自己该做的事情做完。”

“究竟是什么事？”

“它要走了，我要选择留下还是跟它走。”

“你选择跟它走？为什么？”

“它让我看见了一些东西，巨大的衰败城市，死气沉沉，湮没在荒漠里，那是在遥远的星球上，别的智慧生命创造的城市，它们比现在的地球强大得多，辉煌得多，然而它们都灭亡了。这不是偶然，能源耗尽，文明退化，它们都是银河世界的匆匆过客。冷湖也有废弃的城市，它就像文明的缩影，人类的文明最后免不了走到这一步。”

“这是危言耸听。从古到今，地球上消失的文明不知道有多少，人类却越来越强大。”

“那是你看得不够久远，发展出太空技术的文明，平均寿命只有六百多年，少数能延续几千年，然后就湮灭了。银河十多亿年的历史中，只有一个文明逃过了这个铁律。那就是它。”

王十二叹了一口气，“至少人类应该知道这点。”

车里沉默下来。

军车停在了阵地边缘，阵地上，自动火炮整齐排列，时不时喷吐出火焰。

“你的眼睛能看见了吗？”老唐问。

“我不需要眼睛了。”

王十二说完推开车门，自己下了车。

冷湖上方的天空像是突然打开了一个洞口，无限幽深，在一片碧蓝的映衬下甚是醒目，洞中似乎有什么东西在旋转，不断向外扩张，逐渐将洞口撑得更大。

地面上的人们立即注意到了天上的变化，枪炮声很快停了下来，正在战斗的双方都被这突如其来的变故吓到，竟然自动停止了战斗。

王十二向前走去，突然一个趔趄，差点摔倒。

老唐正想追上去，却被后边的吴医生一把拉住。

王十二站稳了继续向前走。他的眼前一片漆黑，只有一道光指引着方向。

他穿过阵地缓缓走上了高台，又走过阵地前的掩体，出现在开阔的草甸上。双方的作战人员都发现了他，所有人都盯着他的行动。战场上格外寂静，只能听见风吹过草丛的沙沙声。天空中黑色的旋涡不断旋转，令人不安。人们心怀敬畏，连大气也不敢喘。

王十二一步一步向前跨着，他能感觉到脚下的土地变得泥泞，一脚下去，就有水浆翻上来，不一会儿，鞋子就全湿了。

突然间，远方传来一阵清亮的鸟鸣。

是黑颈鹤的鸣声！

王十二循声望去。他看不见任何东西，然而他能想象一群黑颈鹤正在湖面上飞行的样子。

它们是在给自己送行吗？

王十二面露微笑，继续向前走。

湖水浸没了他的脚踝、小腿、大腿……最后是整个身子。冷湖的水很冷，很清冽。他尝到了冷湖水的滋味，淡淡的咸味中带着一丝苦涩。

王十二的头整个没入了水中。

岸上观望的人们骚动起来。

吴医生向着湖水中的王十二跑去，十几个信徒从隐藏的掩体中跳了出来，跟着吴医生跑。

平地间响起一声炸雷。

气浪汹涌，把湖边的人们都掀翻在地。

吴医生挣扎着坐直身体。

整个冷湖都不见了！一个巨大的水球悬浮在空中，飞速旋转。隔着一层水，人们能依稀看见王十二被包裹在其中。

突然间，许多黑色的东西从天而降，落在草丛和沙地上，甚至有的直接砸在人身上。那是大大小小的鱼。一条胳膊粗的鱼正好落在吴医生身前，在草丛中不停扑腾，猛地一跃，直冲进吴医生怀里。

吴医生一甩手把它丢得远远的，目不转睛地看着那水球。

水球越转越快，最后已经看不清其转动，仿佛凝固成了一块坚冰。透明的冰球悬在空中，十分诡异。

天空中的黑色空洞张开得越发庞大，向着冰球靠过来。

一瞬间，冰球整个落入了黑洞之中。

一瞬间，天空恢复了原来的模样，似乎什么都没有发生过。

刚才的一幕就像是在做梦，一个虚拟现实的梦。

然而，裸露的湖底和散落在草丛间不住扑腾的鱼儿证明刚才的一切真的发生了。

吴医生缓过一口气，正想站起身来。

整个天空忽然黑了下来。

夜幕降临，太阳不知所踪。繁星满天，比吴医生这辈子见过的任何一次夜空都更璀璨。银河低垂，亮得有些刺眼，如同一片惨白的瀑布从天而降。

这夜空辉煌得让人窒息！

这不是地球的星空！

王十二的脸出现在夜空里，似乎正在张望，一颗明亮的星星逐渐变大，变得更醒目，穿过王十二虚化的影像直奔地球而来。

那颗星越靠越近，最后展露出本来面目，它通体发白，散发着金属的光泽，包裹在一层绚烂的光芒之中。星星越来越大，最后占据了整个天空，遮蔽了其他所有的星星。它像是倾倒的天空一般向着地面压过来，在众人的尖叫声中悄然划过。

刹那间，眼前的世界变得光怪陆离，带着各种色彩的方块一闪而过，整整齐齐的方块从眼前一直排列到天的尽头，四面八方，无穷无尽，看上去宛如浮动的光影海洋。

吴医生感觉自己就像被一只无形巨手拽着，向着方块矩阵的中心急速下落。

这并非幻觉，神秘的力量制造出强大的光场，将整个世界都变成了巨大的虚拟现实，逼真得让人觉得仿佛身临其境。

下落的速度越来越快，五彩缤纷的方块变成一条条飘忽的彩线，最后混合成一团白色，再也看不清，世界陷入混沌之中。吴医生头晕目眩，隐隐想要呕吐。正当他想要闭上眼睛，摆脱这有些窘迫的境地时，眼前忽然一亮。

急速运动的方块消失了，他身处一片空旷之中。

前方，白色的光团闪耀，晶莹剔透的巨大晶体围绕那光团旋转，多彩的方块成群地向着那些晶体飞去，在晶体上落下，然后又升起，重新回到那无穷无尽的方块矩阵中去。方块群的舞蹈此起彼伏，仿佛随着节奏明快的乐曲而动。

它们围绕着中央的白色光团舞蹈。

那是真空之火。

万物皆朽，只有真空之火永恒。

这是外星飞船的核心，是燃烧了十三亿年的真空之火。

光团向着人们逼近，不断放大，最后化作无数粒子火焰在人们眼前熊熊燃烧。

火光暗淡下来，眼前的世界仿佛成了一片沙漠，赤色的土地上，奇形怪状的山峰林立，风沙在石头间穿行，肉眼可见。整个世界逐渐远去，原本平坦的地平线变得弯曲，最后，在天空中展露出全貌。红色的球体在漆黑的宇宙中静静旋转。

那是火星！

十个月亮一般大的火星挂在天空中，清晰得能看见星球表面沙暴的移动。

它在一瞬间消失得干干净净。

天空重新变得碧蓝。

人们仿佛麻木了，一个个呆站着，望着天空，过了一小会儿，大家渐渐都清醒过来，带着一种劫后余生的侥幸，开始相互拥抱庆贺。

吴医生站起来，抬头望着天空，久久不语。

老唐走到了吴医生身旁，“王十二有句话要我带给你。”

“什么？”

“你答应他的事，别忘了。”

尾声

“身份确认，准许进入。”一个温柔的女声提示。

眼前的气密门打开了。

里边还有一层半圆的门，门上雕刻着一人多高的圆球，球的上缘恰好和半圆内切，让整扇门看上去就像是一只眼睛。

吴荣贵走上前，伸手摁在圆球中央。

一个虚拟的脸部从门上凸显出来，随即是身子和手脚，最后整个人从门上脱离，完整无缺地站在吴荣贵身前。

这是一个精致的美人，完全符合标准人体的规范，身穿一身飘逸的汉服，头顶挽着一个大大的发髻。

“吴先生，我是实验室助手西施，您有什么要求？”美丽的虚拟人问。

“我要看一看冷湖狂欢节。”吴荣贵说着回头看了一眼，罗玉玲坐在轮椅上，正缓缓地跟进来。

“地球上青海的冷湖狂欢节，又称废墟狂欢节，我只找到这一个项目符合您的要求，您确定是这个地方吗？”

“没错。”

“好的，您稍等！”西施说完就消失不见了。

两秒钟后，门打开了。

门里是一个小小的太空舱，大约十几平方米，舱室呈半球形，一半是透明的玻璃。玻璃舱外，半个地球挂在黑色的夜幕上，非洲大陆和印度洋很是醒目。地球散发着淡淡的光晕，亮得有些刺眼。

吴荣贵推着轮椅进了舱室。

罗玉玲看着窗外的景象，脸上露出欣慰的笑容，“真没想到，我这辈子居然还有机会在太空看见地球！”

吴荣贵微微一笑。

“您的现场沉浸式体验即将开始，舱内光线将经历绝对黑暗，然后恢复。整个沉浸式体验将历时十分钟。如果有任何需要，请随时召唤我。”不见西施人影，只听见她的声音在舱室里回荡。

灯光暗了下来，窗户逐渐变成不透明的黑色，外边的世界悄然隐没不见。

当光线再度亮起，两人仿佛正置身于荒凉的废墟之间，不断有人在残断的黄土墙间出没，远处竖立着一个巨大的火炬，火炬的顶端是一个纸糊的大球。吴荣贵指向那个火炬所在的位置，做出一个拉近的动作。整个场景开始移动，他们仿佛正在废墟之中漫步，很快就来到了火炬下方。

这是一个百米见方的广场，周围废墟环绕，人们在此间忙碌，搭建舞台，调试音响。广场的一端，“火星预备基地”的横匾立在残破的土墙前，银白色的字体闪亮。火炬的旁边竖立着巨大的雕像，正是清晨，太阳不高，雕像的影子拖得很长。

吴荣贵站在雕像的阴影里，抬头张望。这是王十二的雕像，雕像望着高处的大球，两手高举，像是要和大球拥抱。

“这不太像啊！”罗玉玲说。

“艺术家善于夸张，能有个轮廓就不错了。”吴荣贵解释。

“现在都这么热闹了，当年我们去的时候，连个人影都看不见。”

“都已经一百多年了，这个废墟狂欢节都已经快二十年了。”

罗玉玲笑了笑，“是啊，我都一百零七岁了，做梦都想不到我一百零七岁还能上太空一趟。当年我们去火星小镇，就是想圆一个到外星探险的梦……真没想到，”她转向吴荣贵，“谢谢你！”

吴荣贵摇摇头，“我只是兑现自己的诺言，我答应过王十二，带你去见他。”

罗玉玲点头，“你当年已经把这事告诉我了。”

“是啊，所以我也没有想到，这事居然还没有完。”

“什么？”罗玉玲听出吴荣贵话里有话，露出疑惑的表情。

“沉浸式体验结束，您将经历黑屏模式，然后恢复正常环境。”西施的声音响起。

周围的画面顿时消失，世界变成一片黑暗。

灯光缓缓亮起，越来越亮，最后恢复正常，窗玻璃也重新变得透亮，外边的地球再次展露出来。它移动了少许位置，转动了一个小小的角度，非洲大陆占据了更大的比例。

“你刚才说的是什么意思？”罗玉玲追问。

“西施，给我们展示1141号物件，3D投影就可以了。”

“好的，请稍候。”

西施话音刚落，两道光从不同的角度射出，在吴荣贵和罗玉玲的眼前交错。一个长方形的条块出现在两人面前，“正在加载”的字样一闪而过。

一个一米多高的球体跳了出来，悬浮在两人眼前。

这是一个透明的球，球体中央有一个小小的黑点。

“这是我们最近才发现的！”吴荣贵说着比画了两下，球体中央的小黑点飞速变大。

一个人体浮现在两人眼前，他似乎被包裹在一层透明材料中，面目栩栩如生，闭着双眼，仿佛正在沉睡。

这正是王十二！保持着三十二岁的样子，没有一点变老。

“啊！”罗玉玲惊叫一声，伸手捂住了嘴，眼泪流了出来。

“我们也没想到，居然能发现他的遗体。”吴荣贵说，“我们的轨道探测飞船在火星的静止卫星轨道上发现了他。我们不知道这究竟意味着什么，但可以确定，这是那次全球播送事件的结果之一。科学家分析，如果再过三十七年，我们还没发现他，他就会坠毁在火星。这是一个里程碑，如果我们没有在足够短的时间里有能力彻底探测火星，那么他就会和我们错过。还好，我们没有错过。”

罗玉玲呜咽着，不停地抹眼泪。

吴荣贵轻拍她的肩膀，“王十二曾经改变了一次历史趋势，我不知道这次发现会有什么后果，是不是会再次影响我们的历史，但至少我知道，我有机会把你带到他面前，兑现我的承诺。”

罗玉玲点点头，“谢谢你！”

“军方正派出最快的飞船，要把他带回地球来建造一个纪念馆，最快也需要两年多的时间。到时候，我会邀请你参加揭幕仪式。你是演讲嘉宾的最佳人选，如果你愿意。”

“嗯！”老妇满眼是泪，目不转睛地盯着眼前的虚拟像，干瘪的嘴唇微微颤抖。

…………

送走了罗玉玲，吴荣贵回到了天眼实验室。

他站在玻璃窗前，俯瞰地球。

“西施，让我看看冷湖，卫星影像就可以了。”

玻璃窗里现出了冷湖的图景。戈壁滩上，成片的风车仍旧在转，然而早已不再是发电站，而是历史保护物。冷湖的水碧蓝，从高处望下去，仿佛一只深邃的眼睛。

湖边有一块亮晶晶的地方，那是一个玻璃建筑，是冷湖事件的纪念馆。

废墟仍在，那曾经潜藏了无数虔诚信徒的地方，早已成了极客狂欢的所在。

吴荣贵的视线透过玻璃窗，望向远方。地球的边缘浮现出大大小小的亮点，那是环绕在地球轨道上的太空城。再远处，火星正在夜空中发亮，火星轨道上的三个永久基地已经有了上百万人口……

人们不断向太空移民，假以时日，地球最终会成为一个缅怀过去的所在。

“冲向火星，成为太空种族。”这不是一个口号，而是共识，是王十二给了全球所有人天启般的十分钟之后，全球人类的共识。有史以来头一次，人们团结在同一个理念下，以百年为时间单位来规划一个共同的未来。

亿万年来，只有一个种族突破了废墟的魔咒，成为真正的星际种族。人类将会是下一个！

这一切都要感谢他!

“西施，再给我看看1141号物件。”吴荣贵下令。

他没有听见西施的回应，这可不寻常。

“西施！”他提高了声调。

“吴医生，我是王十二。”西施的声音终于响起来。

吴荣贵惊异地睁大了眼睛。不起眼的光照亮了吴荣贵身旁的空间，一个人影显露出来。

真是王十二!

吴荣贵心头一颤。

“王十二”睁开眼睛，看着吴荣贵，露出一个微笑。